田畑暁生

風嫌い

鳥影社

風嫌い　目次

風嫌い

風嫌い

姉の風嫌いときたら大したものだ。少しでも風が強いと、家から一歩も出ようとはしない。スカートがめくれるのを気にするような歳でもないのに、風は悪魔のため息だなどと、分かったような分からないようなことを言う。

といっても、姉の風嫌いには理由がないわけでもない。姉がこれまで、本気で好きになった男は三人いるが、どの男とも風が原因で別れてしまったのだ。

一人目は姉が高校生の時、一級上の、野球部で活躍していた先輩に恋をしていた。よくある話だ。その先輩は、ピッチャーで四番、しかもそれなりに男前で、女生徒にはよくもてた。姉とて決して醜いわけではないのだが、多数のライバルの中で選ばれるほどに美しくもない。

冬のある日、姉は先輩と、学校の体育館の裏で待ち合わせをした。よくあるパターンだ。姉は手編みのマフラーを持っていった。

「先輩、私の気持ちです。受け取って下さい」

「おお、ありがとう」

姉は先輩の首に、マフラーを巻き付けた。ところがその時、折悪しく突風が吹いて、姉はよろめき、こともあろうにマフラーで先輩の首を絞めてしまった。締めどころが悪かったのか、先輩はそのまま息を引き取った。誰も見ていなかったのが勿怪の幸いで、姉はその場からマフラーを持って逃げ帰った。

二人目は姉が新入社員の時、同期の男の子に恋をした。私も写真を見せてもらったことがあるが、カッコイイというより可愛い感じで、「男の子」という言葉が合っている。野球部の先輩とは相当タイプが違うが、姉曰く、好きになってしまえばタイプは関係ない、らしい。

その同期の男の子と姉はある春の日、仕事の打ち合わせを兼ねて、昼食をレストランで共にした。店を出た後で、その男の子が急に、

「さっきの書類、もう一度見せてくれるかな」と言ったので、

「はいはい」

と姉が渡そうとした瞬間、突風が吹いて来て、三枚の書類が宙に舞った。

「あらら」

大事な営業の書類（しかもマル秘扱い）だったので、男の子はあわてて、飛んでいった書類をつかもうとする。車道に出たことにも気付かずに。

急ブレーキをかける音。嫌な衝突音。

同期の男の子は、あわれにも、荷物の配達に急いでいた宅配便の車に轢かれ、ペチャンコに

なってしまった。それから数ヵ月は、姉は相当に落ちこんでいた。

だいぶたって姉は五年前、市役所に勤める男とお見合い結婚をした。するめのような男だと姉はよく話してくれたが、一緒に暮らすうちに、姉はどんどん義兄のことが好きになっていった。

しかし世の中はままならないもので、姉の方が義兄を好きになるのに比例して、義兄の方は姉に飽きてしまった。世の中が不況のせいなのか、義兄のような平凡な地方公務員にも、愛人が出現した。姉は当然のことながら、腹を立てた。義兄の帰りが遅いと、まるで鬼のような形相をして、家中をうろつき回った。

ある夏の日、義兄は思いつめたような表情で、姉に言った。

「大事な話がある」

「なによ」

「すまない。離婚してくれないか？」

姉は黙って、台所に立った。台所には、姉がひそかに入手していた毒物があった。姉はいつものようにコーヒーを淹れると、そっとその毒物を、義兄のコーヒーカップに入れようとした。

しかしその時、開けっ放しになっていた窓から、一陣の風が舞い込み、スプーンに盛っていた毒物は、姉のカップにも入ってしまった。

「あなた、最後のコーヒーよ」

「あ、すまん」

私たちが見つけた時には、義兄と姉とは、ソファーから崩れ落ちるように倒れ、既に冷たくなっていた。

こうして罪深き姉は死んだ。しかし、姉は幽霊になってまで今も私たち家族のまわりをいつもうろついている。姉が風嫌いなのは、もう一つ、自分の体が軽いので、風の強い日に外へ出ると、どこか遠くへ飛ばされるのではないかと、心配しているらしい。

退屈な王子

あるところに、平和な一つの王国がありました。

豊かな気候に恵まれ、おいしい果実や野菜のたくさんとれる国でした。

まわりの国とは、昔は戦争もありましたが、もう何百年も平和が続いていました。

王様は五十代半ば、お妃様は四十代半ばで、王様には何人か、若い愛人もおりましたが、みな、お城の中で仲良く暮らしておりました。

王様が結婚したのは、もう三十年も前のことで、子供は、まず女の子が生まれました。次も女の子でした。その次も女の子でした。さらに四人目も女の子でした。この時はさすがに王様もあせりました。このままでは王国が絶えてしまうかもしれないからです。そして、今度こそお世継ぎをと思い、科学者を集めて男女生みわけなどを研究させました。そして、さまざまな工夫の成果が上がったのか、それとも単なる偶然のためか、五人目にやっと男の子が生まれました。王様は大喜びで、目の中に入れても痛くないほどかわいがったものです。

その王子も、もう二十歳になりました。四人の姉はみな、近くの国の王子や貴族の所に嫁いでおり、お城に残った王様の子供は、王子一人となりました。王様も、お妃様も、家来たちも、王子のことを細かく世話をやき、そしてかわいがりました。しかし、このごろの王子は、退屈ばかりしていました。

王子様の所には、偉い学者が家庭教師にやってきて、いろいろなことを教えてくれました。よその国のありさま、言葉、昔のこと、算術、天文学、帝王学、財政学などです。初めのうちは王子もおもしろく聞いていましたが、もともと頭脳明晰であった王子は、それらをすっかりマスターしてしまうと、だんだんと飽きてきました。名声のある音楽家がやってきて、宮廷で演奏を行ったり、才能ある画家が作品を献上したりしても、王子はあくびばかりしていました。何だかいやになってしまったのです。しまいには、学者が来ても芸術家が来ても道化が来ても、あいさつにさえ出ず部屋にとじこもって、ためいきをついているばかり。家来たちが心配してやってくると、出ていけと怒鳴るしまつ。やさしい王様やお妃様は、怒ることもできずおろおろするばかり。そして王子は、食事の時にも、お風呂の時にも、「退屈だ、退屈だ」と呪文のようにつぶやいていました。

ある日王子は、部屋に若い家来を一人呼びつけました。家来には名前がありましたが、この国のことばは日本語とはたいへん異なっており、あいにく私たち日本人にはとても発音できない名前です。そこでイギリス風に、スチュアートという名前にしておきましょう。

「何か御用でございますか、王子様」

「ああ。用だ、スチュアート。用があるから呼んだのだ」

「して、どのようなことを」

「この世には、自分と似ている人が七人はいるという。お前も聞いたことがあるだろう」

「話としては聞いたことがございます」

「じゃあ、私に似ている人もいるだろうな、どこかに」

「そうかもしれません」

「どうだ、会ってみたいと思わんか」

「はあ、そうでございますね」

「嘘をつかなくてもよい。お前は別に会ってみたいとは思わんだろう。だが私は会ってみたい。そしてそいつが、いったいどんなことを考えているかを聞いてみたい。

どうだ、よい考えとは思わないか」

「そうでございますね。おもしろいとは思います」

「で、さっそくなんだが、頼みがある。お前に、私と似ている人間を探してきてもらいたい」

「ははあ、わかりました」

「ただし、このことは誰にも言うな。私とお前の二人だけの秘密だ。お前が助手を選ぶことも許さん。お前の出世には差し支えないようにしておくから、お前が自分で街へ出て、私に似ている男を探して、こっそり連れてきてくれ。そっくりであればボーナスをはずんでやろう。期限は一ヵ月だ。よいな」

「わかりました」

命令を受けた家来のスチュアートは、いったい王子が何を考えているのかを訝《いぶか》しみながらも、命令にしたがって、王子に似た若者を探しにでかけました。街中を歩き回って探し、食堂で探し、服屋で探し、本屋で探し、靴屋で探し、少しでも似た若者を見掛けると、適当な口実を作って住所と名前を聞いておきました。しかし、本当にそっくりな若者はなかなかいませんでした。

スチュアートは街で探すのをあきらめ、田舎にいきました。田舎で探すのは都会よりももっと大変でした。人の数がもともと少ないからです。それにこの国でも、都市化の動きが進んでいて、若者は学校へ入るために都市へ都市へと向かっていたので、さらに若者の数は少なくなっていました。

スチュアートがさまざまな所を旅して回るうち、一ヵ月が過ぎてしまいました。はっきりいって、王子に多少似ている青年はいましたが、そっくりと言えるような者には結局出会えませんでした。麦畑に腰を下ろしてメモを見ながら、一体これまでどの若者が一番マシだったのかを思い出そうとしていると、

「お役人さん、そんなとこで何してんだね」

と声がします。

「どうして私が役人とわかる？」

スチュアートがメモから顔を上げずに答えると、

「収穫の時にのんびりしてんのはお役人さんくらいだかんね」

と言います。

「私だってのんびりしてるわけじゃない。仕事だ、仕事」

「はあ、お仕事ですか。そいつぁ御苦労さんです」

「おい、君、それは皮肉かね」

スチュアートはメモから顔を上げて、話しかけてきた農夫の顔を見ました。

と、そこで、スチュアートは言葉を失いました。

その農夫の顔が、王子にそっくりでまるで生き写しだったからです。

「王子様、ただいま戻りました」

「おう、スチュアート。いかがであった」

「王子様の期待に添えるかどうかはわかりませんが、一応、よく似ていると思う若者を連れて参りました。農夫のハンスでございます」

農夫の名前も、本当はハンスではないのですが、私たち日本人には発音はできないので、一応ハンスにしておきます。

さて、王子はハンスの顔をまじまじと見つめました。

「うん、確かに私によく似ている」

「そうでごぜえますかね」

「ただ、ちょっと違うところがあるな。スチュアート、どこが違うのか申してみよ」

スチュアートは王子の顔とハンスの顔とを見比べて、「はい。ほくろの位置、鼻の形、あごのとがり具合などが少し違うかと存じます」と答えました。

「そうだな。残念だ。どうだ、ハンス」

「へい、王子様」

「わしとそっくりの顔になってみんか」

「そんな、王子様と同じ顔などおそれおおいことでごぜえます」

ハンスはあわてて手を振りました。自分の顔が好きだからいやだ、とは言えません。

「おそれおおいことはない。よい整形外科医を知っている。スチュアート、パーキン医師のところへ連れていけ。くれぐれも秘密のうちに。よいな」

「はい」「わかりましてごぜえます」

そしてすぐさま手術が行われました。その一週間後、スチュアートは王子の個室へやってきました。

「王子様」

「なんだ、スチュアート」

「例のハンスは、手術もすんで、もう普通に生活してもよいそうです。さっそく連れてまいりました」

「周りの者に分からなかったろうな」

「医者には固く口止めをしておきました。ハンスはあのように、深い帽子とマスクをかぶらせております。さあハンス、はいって帽子とマスクをとるがよい」

「へえ」

帽子とマスクをとると、ハンスの顔が現れました。するとどうでしょう。王子とまったくそっくり、まるで双子のようです。

「うん、上出来だ。でかしたぞ」

「ははあ」

「で、次にさっそくだが、スチュアート、お前は確か大工のせがれで手先が器用だったな」

「はい。大体のものは自分で作れます」

「私の部屋の一部を改造して、ハンスの居場所を作ってもらいたい。表からは見えない所に作れ。クローゼットの中がよいだろうな。ベッドと机があればよい。それから、ハンス、お前には充分な金をやるから、しばらくここに居てもらいたい。よいな」

「へい、でも麦の収穫があるんでごぜえますが」

「心配せんでもよい。別の者に収穫させる。スチュアート、そちらの手配も頼む。それからハンスの食事についてもお前が運んで来てもらいたい。召使たちの余りものでよい」

「承知いたしました」

そしてスチュアートは、大工道具をこっそりと持ち込み、王子の部屋の改造工事に取りかかりました。


王子は以前にもまして、部屋にとじこもるようになってしまいました。食事の時と公式行事の時以外は、部屋から外に出ません。誰も許可なく王子の部屋に入ってはいけないことになっていましたので、王子の部屋への出入りを許されているスチュアートは、いろんな人に「王子の様子はどうだ」と質問を受けました。スチュアートは、聞かれるたびに「特にお変わりございません」と答えました。

しかし実際には変わりないどころではありませんでした。王子はハンスに自分の服を着せて、何やら熱心に「教育」していました。あまりそっくりなので、同じような服を来ていると、スチュアートでも、どちらが王子でどちらがハンスか分からないほどでした。そして次第にハンスが、農家の小せがれではなく、王族の一人のような立居振舞を身につけてきたのです。

ある時など、スチュアートが部屋に入った途端、二人の同じ服を来た男が立っていて、

「どうだスチュアート、どちらが王子でどちらがハンスか分かるか」

と聞かれました。ハンスは顔では見分けがつきませんが、当然王子が問うているものと思い、

「今おっしゃった方が王子様でしょう」

と答えると、

「違う、王子は私だ。こっちはハンスだ。ハンスに今、そう言えと命令したのだ」

ともう一人の方が言いました。そして、最初に尋ねた方が、

「すんません、スチュアートさん、わっしがハンスです」

と言うではありませんか。これにはスチュアートも、参ってしまいました。


また別のある日、王様とお妃様、王子様が食事をしている時に、

「どうかね王子、お前にもそろそろお嫁さんを探そうと思うのだが」

と王様が尋ねると、

「へい、いや、はい、そうですね」

と答えたのです。他の誰も、このことに気をとられませんでしたが、「へい」という言葉を聞いた途端にスチュアートは、顔が青くなりました。「へい」というのは、ハンスがよく使っていた言葉で、王子様が使うことなど考えられません。これはハンスではないのだろうか、王子様はおたわむれに、自分の役をハンスにやらせてみているのではないか、スチュアートの心

の中にそんな疑いが湧きおこりました。

　奇妙な言葉遣いは、それから何回かありました。賓客の接待を皆でしている時に、王子が語尾に「ごぜえます」を使ったのです。その時はさすがに、一瞬気まずい沈黙がありましたが、お妃様が、「まあ、いったいどこでそんな庶民の言葉を覚えたのでしょうね、おかしな人」と笑い飛ばし、特に怪しむ風はありませんでした。ただし、スチュアートだけは、身も凍る思いがしました。王子様は自分の身代わりを立てて、何かをたくらんでいる。一体何を企んでいるのだろう。いっそのこと、自分が秘密にしていることを全てぶちまけてしまいたい、そんな気持ちにかられました。しかし、もし秘密をぶちまけたら、王子様からどんな罰を受けるかもわからないわけで、スチュアートは自制しました。


　そしてまた、しばらくたったある日のこと、スチュアートが王子の部屋へハンスの食事を運んで行くと、王子が、

「ああ、もうよい。ハンスは帰した。ごくろうだった」

「そうでしたか」

「何か言いたそうだな」

「分からないのです。今回の件に関する王子様の本当の目的が」

「そうか、分からないか。そうだろうね。きっと身代わりを立てておいて、私が城を出ていく

とでも思ったのだろう。違うか」

「その通りでございます」

「そうだろうな。私はお前にそう思わせることが目的だったのだから」

「何ですって？」

「私は退屈していた。だから家来の一人でもからかってみようかと思っていたのだ。お前が、時々ハンスが私の代わりに行動しているのではないかと疑うように、ハンスの訛を会話の中で使ってみたりした。ハンスが私の行動を学んでいたのではない。私がハンスから学んでいたのだ。すべてお前一人をやきもきさせるためだ。お前に、『ひょっとしたら王子様は身代わりを作って城を脱出するのかもしれない』と思わせるためだ。どうだ、身に余る光栄であろう？」

「は、はあ、そうでございますね」

スチュアートは、自分一人が楽しんでおいて、何て勝手な言い分だろうと思いましたが、もちろんそれを口に出すわけにはいきませんでした。

「だいたい考えてもみよ。私が城から出て行く訳がないだろう。城の外のことは、もうみんな学んで分かっておる。庶民のくらしのつまらないことも、放浪暮らしの悲惨なことも、私には全部分かっている。私の退屈は、ハンスに化けて外へ出ていくくらいのことでは癒されない、だから退屈しているのだ」

「………」

「私はこの一件で自信をつけた。どうだろう、今度は、二人で組んで誰かを騙《だま》してみるというのは？」

スチュアートは、王子がハンスと会う前と比べて、「変わった」と感じました。どこがどう変わったのかは、スチュアートにもよく分かりません。しかし、王子が変わったのならまだよいのですが、ひょっとしたら、今、目の前にいるのが、ハンスかもしれないとも思うのです。

スチュアートは考えます。もし、ハンスだとしたらどうでしょう。二つの可能性がありえます。一つは、このハンスは脱出した王子の命令通りに動いており、先程の言葉も王子が教えた通りをしゃべっている、という可能性です。そしてもう一つは、ハンスが王子をいつの間にか追い出し、自分の言葉でしゃべっている、という可能性です。

スチュアートはじっと、王子の顔をみつめました。しかしいくら見ても、優秀な整形外科医が同じに作った顔は、見分けがつくわけありません。

「どうした、早く返事をしないか」

いずれにしても、スチュアートにできる返事は、一つだけでした。後のことは、後になってからおいおい、対応していくしかありません。

「ありがとうございます、王子様。是非とも組ませていただきます」

スチュアートはそう返事してから、自分も王子様と同じように、すっかり退屈していたのだということに、後になってから気がつきました。

一本のロープ

ここに一本のロープがある。

その端には女がきつく縛りつけられている。まだ若い裸の女だ。両手を後ろに固定して縛ったロープは、さらに胸の上下を締めつけ、足をあぐら型に組んだ形で両足首を縛り、もう一度背中に回されて、その縄尻は上の方へと斜めに伸びている。女の息は荒く、呼吸のたびごとに乳房が揺れ、紅色の乳首もそれに従って動く。

斜め上に伸びたロープには、女が着ていた洋服が干されている。まずは苺模様のついたパンティ、続いて薄いピンクのブラジャー、ベージュのシュミーズ、水色のワイシャツ、紺色のスーツなどが、金属製の洗濯ばさみで止められている。

女のいる部屋には一つだけ窓があって開け放たれており、日差しが斜めに差し込んでいて、その光の中を細かな埃《ほこり》たちが浮遊している。そしてロープはそのまま、窓の外へと伸びている。

窓を出たロープは、蔦《つた》の絡まった煉瓦《れんが》の壁をつたい、二間ほど先の犯罪現場に達していた。

ロープの外側にはテレビのレポーターや新聞記者や野次馬がごった返し、内側では警察官たちが両手を広げて、彼らの侵入を防ごうとしていた。さらにその内側の、四階建てのコンクリート打ち放しのビルには、ライフル銃で郵便局を襲って逃げてきた男が人質をとって立てこもり、逃走用の車と現金を要求していた。

一人のテレビ記者が、顔見知りの警部を見つけて声をかけた。

「突入するんですか？」

「今は何も言えないな。人命第一だから」

「しかしもう十五時間ですよ。犯人もそろそろ疲れているんでは？」

「そんなことはこっちも分かってるよ。このぐらいでいいだろ」

「あ、警部、警部」

「ほら下がって下がって」

記者は制服警官に押され、そのまま後退せざるを得なかった。私服の警部はパトカーに乗りこみ、署に帰っていった。

ロープはさらに道路沿いに伸びて、三キロほど離れた大きな空き地に立ったサーカス団のテントの中へと吸い込まれてゆく。テントの中では今しも、そのロープを綱渡りの女性名人が渡ろうとしていた。集まった数千人の観客たちは、息を詰めて彼女を見つめる。名人は五十歳だが、各地のサーカス団で修行をつんだその肉体は、バレリーナのようで贅肉はなく、三十代程度にしか見えない。近くで見つめれば、厚化粧は隠すべくもないのだけれど、下から見上げている観客たちには気にならない。

彼女は精神を統一した。

「さあみなさん、うまく渡れましたら御喝采ください」

白塗りで丸い赤鼻をつけたピエロがマイクを握って叫ぶ。

名人はしなやかに歩き始めた。ロープが天幕内の気流に揺れる。

半分ほど来た所で、彼女は体を二つにゆっくりと折り、ロープの上で逆立ちをしてみせた。観客から拍手が沸き起こる。

ロープは天幕の反対側の窓から外に出て、近くの民家やアパートや商店街や銀行の屋根の上を通り抜け、お寺が副業で経営している小さな幼稚園で、綱引きに使われていた。赤組は鈴木美咲キャプテン（六歳）のもと、高野富美（六歳）、永山博（六歳）、前田淑恵（五歳）、福村和彦（五歳）、佐藤悠太（五歳）、の各氏が所属し、対する白組は、山本浩司（六歳）をリーダーとして、西田飛翔（六歳）、渡利明（六歳）、酒田恵美（五歳）吉野宏（五歳）、明石勇介（五歳）の各氏が所属する。ちなみに審判は、年長組担当の白石由香里先生（二十四歳独身、勤続四年目）である。

白石先生が声をはりあげる。
「さあ、みんなー、じゅんびはいいかなー。それじゃあ、オーエス、オーエスのかけごえにあわせてひっぱるのよー。せーの、
オーエス、オーエス、オーエス、オーエス……」
ちっちゃな選手たちは、真剣な表情でロープを引っ張る。その度ごとに、中央を示す紫の標識が、赤組の側へ動いたり、白組の側へ戻ったりした。

ロープはそこからさらに、電柱に沿って海岸の方へ、曲がりくねりながら伸びていった。海岸に出たロープは、砂だらけになりながら海へと入っていき、漁師たちが沖合で魚をとる網の中へと紛れこんだ。

網の中ではたくさんの魚が泳ぎ回っていたが、漁師たちが網を一斉に引っ張りあげると、住み慣れた水の中からいきなり空気に晒され、呼吸に苦しみパタパタと騒ぐ。漁師たちは、クラゲやヒトデやゴミなどの不要物を海に返し、売れる魚だけ甲板に開けた穴の中へと流しこむ。

「今日の漁は、まあまあだ」

男たちは口には出さないが、みな同じことを考えていた。

ロープはその後も、電話用の海底ケーブルに寄り沿う形で海を渡り、はるかな大陸へと行き

ついた。浜を越えると、そのまま乾燥した砂漠が続いていた。

砂漠の真ん中でロープは、とぐろを巻いた。そこへ一匹の雄のヘビが通りかかり、ロープを見つけて、こう話しかけた。

「やあ、あんたは、雌かい、それとも雄かい」

「……」

「返事がないところを見ると、雌ヘビだね。よかった。僕は目が悪いから、よく間違えて怒鳴られるんだよ。『このおかまやろう、あっちへ行け』ってね。

君のそのとぐろの巻き方、いいね。かっこいいよ。まるでその、何というか、クラインの壺みたいだ。

僕だって若い頃は、けっこう活躍したんだよ。知ってるかい、サン＝テグジュペリの『星の王子さま』って話を。その冒頭に、象を呑み込んだヘビの話が出てくるだろう？　テグジュペリが、象を飲み込んだヘビの絵を書いたのに、周りの大人たちが『これは、帽子だ』っていう話。実はね、あのヘビのモデルが、何を隠そうこの僕なんだよ。僕が象を呑みこんだ時に、ちょうどあの人が通りかかって、それであの冒頭を思いついたんだよ……」

ロープは、この嘘つきめ、と思ったが、ロープなのでしゃべるわけにもいかず、黙って微笑みながら聞いていた。ヘビはますますつけあがり、

「ねえ、僕たちって気が合うんじゃないかな」などと言いながら、テカテカと鱗《うろこ》を光らせて、焦茶に濃緑色の斑を浮かべた肉体をそっとロープに絡ませ、二股に分かれた細い舌をチロチロと出し入れし始めた。

ロープの先端はそんなことにはお構いなく砂漠をはるかに横切って伸びており、オアシスにある井戸のつるべの上げ下げに利用されていた。

色の浅黒い十歳ばかりの少女が、壺を頭の上に載せ、十キロ以上も離れた難民キャンプから、水を汲むためにはるばるやってきていた。少女の黒髪は、長く砂嵐にさらされていたせいで、まるで安部公房の描く『砂の女』を思わせるほどにすすけている。

少女はつるべをゆっくりと下ろした。国際機関の援助によって作られた、まだ真新しい井戸の滑車は、ロープが動くごとにカラカラと軽快な音をたてる。この音だけが少女のきつい暮らしを忘れさせた。八人兄弟の中で、少女とすぐ上の兄の二人が水汲みの係で、二人は代わるがわる、難民キャンプからここまで、水を汲みに来なくてはならない。少女が難民になったのは、お定まりの民族紛争のためだった。

つるべが地下水に達した。水がつるべの中に入る。少女は重くなったつるべを、力をこめて引き上げていった。ようやくつるべが再び姿を現した。

少女はつるべの中の水を、持ってきた壺に空けた。

壺にはおよそつるべ二杯分の水がはいる。少女はもう一度、つるべをはるかな穴の底へと下ろしていった。

ロープは砂漠からはるかに聳《そび》えたつ広大な山脈の方へ伸びた。山の中腹には小さな村があった。牧畜と登山観光案内とで細々と暮らしている貧しい村だ。総戸数は二十戸あまりで、ほとんどの家族が親類である。栄養が足りないためか村人の背は低い。若者の中には村を離れる者もおり、ここでも高齢化が進んでいる。

さて、今しも年に一度の祭が行われていた。

広場の中央には、彼らの信仰する神の偶像が置かれ、その周りで火が焚かれた。広場の四隅には祭祀用の竹が立てられ、ロープはその四本の竹の周囲に四角形に張られ、そこからへちまのような形をした独特の提灯《ちょうちん》が多数ぶら下げられていた。

ロープの端はさらに山の上の方へと伸びていたのだが、臭い酒を思う存分にくらって踊り狂っている村人たちは、誰もその行方を気にとめなかった。

ロープはさらに、標高で二〇〇〇メートルほど上がった、登山キャンプのテントを固定するのに使われていた。青いビニールの三角テントだ。その中ではヨーロッパからやってきた金髪碧眼《へきがん》の登山家が三人、山頂への登頂を目指した二人のアタック隊からの連絡を待っていた。

ロープはさらにグングン山を登って、そのまま、アタック隊員二人の体の命綱に使われていた。垂直に切り立った、ところどころに氷が残る岩壁を、頭にはヘルメットをかぶり、背にはナップザックを背負い、ピッケルとハンマーを手に氷の壁を征服してゆく。とがったスパイクのついた登山靴は、まるで針ねずみのようだ。

時に吹雪が激しく吹きつける。二人は慎重に、助け合いながら登っていった。登り始めてから既に五時間半が経過している。そろそろ頂上が見えてもよさそうな頃だった。だが、不穏な天候を反映して、予定のペースより遅れ気味であることも、二人は気付いていた。

吹雪が止んだ。霧も晴れていった。二人は切り立った壁から、視線を離して振り返った。今征服しようとしている山より低い、多くの山の頂きが雲の中から頭を突き出していた。雲の色は、薄い赤紫から青紫へと、なだらかに推移している。そのあまりの美しさに、二人は一分ほど見とれていた。

ロープはというと、二人よりも早く山頂を北に越えて、広大な針葉樹林帯の中へと入っていった。どこまで行っても、同じような寒々とした風景だった。ロープの端は、一本の木の枝に乗って休んだ。

そこへ男が通りかかった。太ってはいるが、暗い顔をした中年男だった。男は事業に失敗して多額の借金を抱え、死ぬために道なき針葉樹林の中へと足を踏み入れたのだった。

しかし飢え死にするのはつらい。歩き疲れた男は、へたへたと座りこんで、空を見上げた。

そこには、ちょうとロープの端が枝から顔を出していた。

「あんなところにロープがある。丈夫そうだ。あれで首を吊る方が楽だな、きっと」

男は小さくこうつぶやくと、木登りを始めた。昔から木登りは得意だった。三メートルほどの高さにある枝へと乗っていた、ロープの端をつかまえると、結んで輪を作った。それを枝にも結びつけ、輪の中に頭を入れた。

「これで本当に最期か……」

男は飛び下りた。首が締まってきた。

だが、男が乗ったことで既に弱っていた枝が、ぶらさがった男の重さに耐え兼ねて、ポキンと折れた。男は落ちてどっと地面に尻持ちをついた。

それだけならよかったのだが、その反動によって、
もう少しで頂上に達しようとしていた登山家二人はバランスを失って谷底へと滑り落ちて行き、彼らの登頂報告を待っていた登山家たちの青テントの屋根は吹き飛び、村人の祭を囲っていた竹は折れ、提灯《ちょうちん》が地べたに叩きつけられて火を吹き、少女が水を汲んでいたつるべはひっくり返り、ロープをくどいていたつもりだったへびはロープに絡みつかれて動けなくなり、漁師たちの網は破れてせっかく釣れた魚が逃げ出し、運動会での綱引きは一気に赤組の側に綱が

引っ張られて子供たちはひきずられ、白石先生は悲鳴を上げ、綱渡り名人は大きく揺れたロープにバランスを失い安全ネットの上に生まれて初めて転落し、犯罪現場を覆っていたロープが激しく揺らいだせいで野次馬やレポーターがどっと現場に突入して、動揺した犯人が発砲し、洗濯物は床に落ちて散乱し、そして、裸で縛られた女は、一層きつく締めつけられて、激しい呻《うめ》き声を上げた。

ファルス

ファルス：偽の、嘘の、笑劇、男根

1

誰かがH教授を誹謗《ひぼう》中傷したに違いなかった。心当たりは何もないにもかかわらず、彼はファルスという仇名をつけられたからである。

2

ある時彼は学食（学生食堂）で、次のような会話を耳にしたのだった。

「ねえ、ファルスの訳本ある？」

「あるわよ、C子が作ったの」

「ああ、C子はまじめだもんね。でも本当に助かるわ。コピー取らして」

「いいわよ、もちろん。試験はいつだったっけ」

「二十三日の、二限目だったわね、確か」

女子学生の顔に見覚えはなかったが、H教授のフランス語の試験は、確かに二十三日の二限目だった。その時間は他の試験はないはずである。

3

H教授が授業を行うために教室へ入ると、黒板にはピンクのチョークで大きく「ファルス」と書かれていた。

「これを書いたのは一体誰だね」

教室には三十人ばかりの学生が、思い思いの場所に座っている。だが「私が書きました」と申し出る者はいない。最前列の女子学生たちは、微笑みながら静かに首を左右に振る。その度に髪が揺れる。沈黙を破り、後ろの方で突然笑い声が上がる。

「何だ、どうかしたのかね」

「あ、すみません。マンガを読んでたんです。すみません」

その学生はニキビ面をニヤつかせながら、頭をチョコチョコと下げる。反省している風は特にない。

「先生、そんなものはどうでもいいではありませんか。授業を始めましょう」

普段目立たない学生の一人が、後ろの方から声を出した。

4

「H先生」

「あ、これはドイツ文学のI先生」

「この頃あまりお会いしませんでしたね」

「そうですね。どうですか、今日あたり、一杯飲んでいきましょうか」

「そうしたいんですがね、翻訳の締切が迫っていましてね」I教授は眼鏡の中の細い目をしかめる。「正確に言うと、迫っているどころか、過ぎているんですよ」

「ほう、どのくらいですか」

「ざっと三ヵ月ほど」

「三ヵ月ですか、なるほど。それだけ遅れれば一日や二日、変わらないような気もしますがね」

「ところでHさんも、翻訳中のものがおありでしたでしょう」

「ええ、まあ、ポツリポツリとやってますよ。ポツリポツリとね」

5

「逮捕する」警官が言った。

「何を言うんです。私はT大教授のHです。怪しいものじゃない」

「H教授ならあそこにいるではないか、ほら」

警官が指差す方を見ると、巨大なファルスが屹立《きつりつ》していた。

「あんなものが教授だというのか」

「あんなものとは失礼ではないか、T大の先生に向かって」

「ところで、私を、一体何の容疑で逮捕するのです？」

「決まっているだろう、猥褻《わいせつ》物陳列罪だ」

「そんなむちゃくちゃな」

「いいから署まで来てもらおう」

巨軀の警官は、H教授の体を軽々と頭の上に抱きあげると、そのまま運んでいった。

6

入れられた留置場の中は寒かった。コンクリートの上に白ペンキを塗っただけの壁には、ところどころにひび割れが走る。窓にはガラスの代わりに鉄格子がはまっており、つららがぶら下がっていた。部屋の隅にポツンと便器が置いてある。

若い警官が二人、一人はこちらを向き、もう一人はあちらを向いて、じっと立っているのを、H教授は睨《にら》みつけた。

「ここから出してくれないか」

「出すわけにはいかない」答えたのはあちらを向いている警官だった。こちらの警官のクチビルは動いていなかったから。いや、もしかすると、腹話術を使っているのかもしれないが。

「私はT大教授のHだ。こんなところに入れられる理由はない」

「あんた、T大で何教えてるんだい？」

「フランス文学だ」

「ほおー、フランス文学ね。サルトルは知ってるかい」

「専門ではないが、もちろん知っている」

「じゃあ、この問題を解いて下さいますか、教授さん。サルトルがある時、ボーボワールと一緒にシャンゼリゼを歩いていた。ところが、サルトルと来たらやぶにらみなものだから、石につまずいて転びそうになった。さてこの時、サルトルは何と言ったでしょうか」

H教授は考えた。学生時代に受けた講義を思い出してみても、こんなことは習った覚えがない。

「わからないのかい、先生」

「……」

「おーっと、と言ったんだよ」

「どうしてかね」

「嘔吐、って言う小説があるそうじゃないか」

7

ふと気がつくとH教授はT大学のキャンパスに戻っていた。さきほど巨大な男根と見えたものは、実は時計台だったことに彼は気がついた。

「そうだ、あの時計台がいけないのだ。時計台に行かなくては」

H教授は、大空に聳《そび》え立つ、T大学の象徴とも言える時計台に向かって、一人で行進を始めた。膝をきちんと直角まで上げ、腕も前後に規則正しく振りながら。周囲の大勢の学生たちは、おしゃべりの口を休めて、H教授の不審な行動に目を留めた。

「さあ、一、二、一、二、一、二、右向け、右。一、二、一、二」

一人で行進を続けるH教授。時計台のある一号館に正面から入っていく。階段を一段一段、音を立てながら上る。一、二、一、二、一、二、一、二……。高い天井にようやくしがみついていた古い蛍光灯の一本が、この足音の立てる振動によってぽろりと片側から外れ、チアガールのバトンのようにクルクルと回りながら、H教授のこめかみの横をかすめて落ち、階段に当たって不規則な形に砕け散り、ガシャリという音がした。

「ハンプティダンプティ、塀に座った。

ハンプティダンプティ、転がり落ちた。

王様のお馬をみんな集めても

王様の家来をみんな集めても

ハンプティを元にはもどせない」

一、二、一、二。H教授は四階までのぼってきたが、そこからさらに時計台へ出るための扉が開かない。

「どうしてここが開かないんだ」

H教授は体当たりを始める。建物が揺れるその度に一本ずつ、古い蛍光灯が天井から外れ、床にぶつかり叩き割られる。

「ウォー、ウォー、ウォー」

ドアは破れた。

さらにそこから階段が上へ向かって続いていた。

H教授は呼吸を整えると、階段をまた一歩一歩と上へ昇っていった。

どのくらい昇ったろうか。

まだまだ階段は螺旋《らせん》状に続いている。

結局どこまでいっても、塔のてっぺんにはたどりつけそうもない。

上の方からざわめきが聞こえてきた。はてな。ざわめきは次第次第に大きくなった。機械をいじる音。カメラのフラッシュをたく音。足音。あくびの音。まばたきの音。そして、人の声。

「H教授、今回の行動にはどういった意味があるのですか」

「H教授、応えてください」

「H教授、やはり人事問題に絡んでのことですか」

「H教授、………」

目つきの悪いレポーターたちが一斉にマイクをつきつけ、その横でカメラマンたちがフィルムを回している。フラッシュが焚かれ、辺りは昼と夜を繰り返しているようだ。

「H教授、何とかこたえて下さい」

つきつけられたマイクをよく見ると、それはマイクではなく、今にも射精しようとしているたくさんのファルスだった。

8

H教授は窓硝子《ガラス》を蹴破って、二十メートルほど落下し、跳びはねながら走って逃げた。逃げて行く先は大学病院である。学生時代に同級生だった男が、神経科の医師をしているのだった。

走っても走ってもレポーターたちが追ってくる。H教授は勝手知ったる病院の廊下を縦横に駆けずりまわった。一度、看護婦たちの運んできた食事のワゴンにぶつかった。トレーがワゴンから、まるで大量のコピーをソートしながら吐き出すコピー機のように、整然とせり出してきた。トレーの上に載っていたごはんや、味噌汁や、不味そうな魚の煮つけやほうれんそうのおひたしや、卵焼きが、スローモーションで飛び散った。

「申し訳ない」

H教授は絶叫しながら逃げ、なんとか第一神経科の部屋へもぐりこんだ。幸運にも、昔同級生だったJがちょうど診察を終えたところだった。

「おい、鍵をかけてくれ」

「なんだ、Hじゃないか。どうしたんだ。まあ、すわれよ」

「早く鍵をかけてくれ」

「どうして？」

「追われているんだ」

「そんなことはないよ」

「そうか」

「そうとも、見てごらん。廊下にはだれもいない」

H教授が廊下をこわごわと見回すと、そこは森閑としていて、人っ子一人いなかった。

「ほんとうだ」

「な、そうだろ。変な妄想が現れたのかい」

「ああ、妄想かもしれない」

「とにかく落ち着けよ」

「落ち着けといわれても」

「そうだね。落ち着かなくてもいいさ。今、いい注射を一本打ってあげよう」

「痛くないのかい」

「少しは痛いかもしれない」

「やだな」

「すぐ済むから」

「どこに打つの」

「そこだよ」

医師は、H教授のズボンの前を指差した。看護婦がズボンを脱がせ、ブリーフの前も開いて、萎縮しきったそれを摑《つか》み出し、注射針を打ち込む。H教授はだんだんと気が遠くなっていく。

9

ある朝、H教授が何か胸騒ぎのする夢から覚めると、自分が一本のファルスになっていることに気がついた。

※文中のマザー・グースは、谷川俊太郎氏の訳を利用しています

分離脳学部にて

「二〇世紀に悪名を馳せた医師といえば、ナチスのヨゼフ・メンゲレに次いで、このウォルター・フリーマンの名が挙がるに違いない。フリーマンが改良し世に広めた「ロボトミー」という手術は、この開発から七〇年、消滅から四半世紀を経てもなお、人々の心にこの上なく悪いイメージをもって焼き付いている。」

ジャック・エル＝ハイ『ロボトミスト』ランダムハウス講談社、p.007.

ＪＲのＲ駅から乗った昼間の市バスは混んではおらず、立っている者はいなかったが、学生や買い物帰りの主婦など、ある程度のお客を乗せていた。十分ほど乗ったところで、「次は、Ｋ大分離脳学部前です。お降りの方はブザーでお知らせください」と、録音された女性の声が響き、その時ちょうど上り坂を喘《あえ》ぎながら登っていたバスが、大きく右へと向きを変えた。

私はブザーを押し、ほどなくバスは停止した。

分離脳学部の建物を見つけるのは、人間の剥き出しの脳を象《かたど》ったそのあまりにも特異な外観から容易だった。さらに建物の上には、アドバルーンらしきものが上がっていた。アドバルーンといっても、よくある球状のものではない。民芸品にありそうな、大きな丸い目をした怪物が、ベローンと真っ赤な舌を下に垂らしているという、奇妙なものだ。

分離脳学部。右脳棟と左脳棟が、廊下で結ばれた構造だ。私は一階の受付に行き、N教授にアポを取ってあることを告げた。受付嬢はN教授に電話を掛け、何か話していたが、やがて、「では研究室へどうぞ。三階の奥です」と言った。

三階まで階段で上がる。学生たちもおらず静かだった。どこからか薬品のにおいがした。教えられた通り、廊下の奥に、N教授の研究室があった。

ノックした。

「どうぞ」

意外に若い声がした。中に入った。

N教授の風貌は、ホームページで既に知っていた。細面で、鼻が高い。髪はやや薄く、その代わりに豊かなあごひげを蓄えている。年齢はもう五十代だろう。

「お話はメールで伺いました。記憶を消したいと」

「そうなんです。それをしてくれるのはここだけと伺いまして」

「費用はかかりますよ。保険適用外ですから」

「分かっています。私は親不孝者で、親の遺産で食っているので大丈夫です」

確かに親不孝者だ。私は血を分けた弟をこの手で殺しているのだから。そして、その記憶を消しにここに来ているのだから。

私と弟はよく似ていた。年は二つ離れていて、幼い頃はケンカをしても私が勝ったが、大人になると弟の方が強くなった。頭の出来に大した差があるわけではないと思いたいが、弟の方が良い大学に入った。

面白くなかった。

外に出たがらない点も、私と弟はよく似ていた。

それでも両親が生きていた頃は、家族四人で旅行にもいったし、それなりにレジャーも楽しませてもらった。

両親が交通事故で逝ったのは、私が大学三年、弟が大学一年の時である。その時はショックであったが、父はたっぷり財産を遺してくれていた。そうすると現金なもので、金があって自由という暮らしに慣れた。特に贅沢をするわけではなかったが、好きなものを食べ、好きなものを買い、好きなように生きた。

邪魔なのは弟だった。

とはいえ、弟を殺したいと意識していたわけではない。例えば弟があの家を出て行きたいと言えば、私は喜んで送り出したろう。悲劇だったのは、私も弟も、家を出て行く気がまったくなかったことだ。

二人は互いを目ざわりに感じ、よくぶつかった。食事の時間をずらしたつもりで、しばしば台所で鉢合わせした。

あの日……

あの日は、しばらくぶりの大げんかだった。きっかけは些細なことだったが、私も弟も本気になった。私は、弟にやられかけていた。そして……

気が付くと、首を絞められた弟が死んでいた。外部から人が入った形跡はないから、私が殺したに違いない。

私はあわてた。弟の死体を、庭に深く穴を掘って埋め、警察には「失踪した」とウソをついた。警察は、特に疑わなかった。他にもっと面白い事件や、難しい事件を抱えていたのかもしれない。

私と同じように弟も、交友関係は狭く浅かったようで、失踪したからと言って家を訪ねてくるものもいなかった。私は、自分で殺しておきながら、弟をかわいそうに思った。

それ以来、折にふれて夢の中に弟が現れた。忘れようとしても、忘れられるものではない。その苦悩は顔に出るのか、ふと入った酒場のマスターから、

「お客さん、忘れたいことがあるんじゃないですか？」

とまで訊かれる始末だった。

「ああ、忘れたいことがあるんだよ。分かるかい」

「そうですか、いいところがありますよ。忘れたいことをきれいに忘れさせてくれるところが」

「へえ。娼館か何かかね？」

「そんなんじゃありません。本当にですよ。K大学の分離脳学部です。いやな記憶を綺麗に脳から取り去ってくれるという話ですよ」

「本当かい？」

「ええ。ここに電話してみてください」

いまどきメールでなく電話かと訝しくも思ったが、藁《わら》にもすがる思いで連絡し、そして、今ここにいるというわけだ。費用は、一般からしたらべらぼうな金額だったけれど、私には払えない額ではない。

「変でしょ？　この建物」N教授は言う。

「ええ、おもしろいですね」

「この大学は、日本におけるロボトミー手術の拠点だったんですよ。だからこんな派手な建物も作った。しかし、ロボトミーの評判が悪くなると、医学部から分離されてしまった。それで、『分離脳学部』と名乗っているというわけです。こんな名前の学部は、うちの大学だけなんですよ」

「そうらしいですね」

「それで、忘れたいことがあると」

「はい」

「何を忘れたいんですか?」

「……」

「医者には患者の秘密を守る義務がある。何でも話してください」

「実は人を、弟を殺してしまって。うなされるのです」

「ははあ、そういうことですか」

「これをお話するのは、先生が初めてです」

「そうでしょうな」N教授はなぜか微笑した。「あ、手術の前に、次回の予定を決めておきましょう。予後が悪いと困りますから。手帳か何かお持ちですか?」

「ええ、持っています」

「来週の予定はいかがですか? 今と同じ、火曜日の午後二時は空いていますか?」

「空いています」

「ではそこにしましょう。K大学分離脳学部、Nに面会と、書いておいてください。ペンはお持ちですか？」

「あります、あります」

私は言われた通り、来週火曜日の欄に、「午後二時、K大学分離脳学部、N教授に面会」と書いた。N教授はそれを確かめると、

「では、こちらにおいでください。さっそく手術をしましょう」と、私を手招きした。

招き入れられたのは、研究室の隣にある手術室だった。二人の若い看護婦が待機していた。ベッドがあり、その横には何やら大袈裟な医療機械があり、四面のモニター画面が付いていた。

「靴を脱いで、そこへおやすみ下さい」

私は眼をさました。

ここはどこだろう、と思った。思い出した。分離脳学部という奇妙な名前の建物である。しかし、ここに何をしにきたのだろう。

頭が痛い。

看護婦がやってきて、私の心を見透かすように言った。

「鏡をごらんください。頭に包帯が巻かれていますね。あなたは手術を受けたのです」

「何の手術ですか？」

「その内容はここではお話しできません。費用が〇〇万円です。高額と思われるかもしれませんが、手術前に同意済みです」

看護婦の持ってきた書類にサインし、私はいつも使っているカードを出した。

「ええと、もう帰ってもいいのですか？」

「大丈夫ですよ。帰りの道は分かりますか？」

「ええ、分離脳学部前からバスに乗って、ＪＲのＲ駅でしたね」

看護婦は頷いた。


ＪＲのＲ駅から乗った昼間の市バスは混んではおらず、立っている者はいなかったが、学生や買い物帰りの主婦など、ある程度のお客を乗せていた。十分ほど乗ったところで、「次は、Ｋ大分離脳学部前です。お降りの方はブザーでお知らせください」と、録音された女性の声が響き、その時ちょうど上り坂を喘ぎながら登っていたバスが、大きく右へと向きを変えた。

私はブザーを押し、バスが停止した。

分離脳学部の建物を見つけるのは、人間の剝きだしの脳を象ったそのあまりにも特異な外観から容易だった。さらに建物の上には、アドバルーンらしきものが上がっていた。アドバルーンといっても、よくある球状のものではない。民芸品にありそうな、大きな丸い目をした怪物が、ベローンと真っ赤な舌を下に垂らしているという、奇妙なものだ。

分離脳学部。右脳棟と左脳棟が、廊下で結ばれた構造だ。私は一階の受付に行き、N教授にアポを取ってあることを告げた。受付嬢はN教授に電話を掛け、何か話していたが、やがて、

「では研究室へどうぞ。三階の奥です」と言った。


三階まで階段で上がる。学生たちもおらず、静かだった。どこからか薬品のにおいがした。教えられた通り、廊下の奥に、N教授の研究室があった。

ノックした。

「どうぞ」

意外に若い声がした。中に入った。

N教授の風貌は、ホームページで既に知っていた。細面で、鼻が高い。髪はやや薄く、その代わりに豊かなあごひげを蓄えている。年齢はもう五十代だろう。


「あなたはなぜここに来たか分かりますか？」

N教授が私に尋ねた。

「それが分からないのです。手帳に面談と書いてあったので、伺ってみたのです」

「そうですか」N教授は大きくうなずいた。

「あなた、記憶に欠落がないですか？」

「あります、あります。何か大事なことを、忘れてしまった感じがするのです」

「思い出したくありませんか？」

「思い出したいです」

「そうですよね、では手術をしましょう」

「今すぐにですか？」

「すぐにです。あなたはこれもお忘れかもしれないが、実はあなたには何度も相談を受けていたのです。大事なことを忘れた気がするから、思い出したいと」

「それで手帳に面談の日が……」

「そうです。今日がその手術の日なのです。ではさっそく始めましょう。あ、費用のことは聞いていますかね。保険は利かないので、かなり高額ですが、大丈夫ですか」

「私は親の遺産で遊んで暮らしているので、それは大丈夫です」

「じゃあさっそく始めましょう」

招きいれられたのは、研究室の隣にある手術室だった。二人の若い看護婦が待機していた。ベッドがあり、その横には何やら大袈裟な医療機械があり、四面のモニター画面が付いていた。

「靴を脱いで、そこへおやすみ下さい」

倫理委員会にて

司会者「それではただ今より、脳死及び臓器移植に関する学内倫理委員会を開催いたします。ではまず医学部の森下教授の方から、臓器移植の必要性などについて、お話を伺いましょうか。森下先生、お願いします」

医学部教授「ああ、御紹介にあずかりました森下です。専門は心臓外科です。私はもちろん、心臓死より脳死の方が、人間の死としてふさわしいと考えております。だいたい心臓を取り替えてしまっても、私は私ですが、脳を取り替えてしまったら、私は私でなくなります。アイデンティティの座は脳にあるのです。それにもし、心臓が止まったところで人が死ぬとするならば、心臓移植などもっての外、ということになりますが、皆様方御承知の通り、既にアメリカなどでは何百例も、心臓移植の成功例があります。心臓に限らず、肝臓、膵臓《すいぞう》、肺などにしてもですね、新鮮ならば新鮮なほどよいのですから、早急に脳死を死の基準としてですね、認めて頂きたい。助かる人間を助けなければならないのですから」

司会者「しかし、問題点も多いでしょう。法学部の松本教授、どういう御意見ですか」

法学部教授「(冷静に) そうですね。安易な臓器移植は、刑法上の殺人に相当する、という考えもなりたちますね」
医学部教授「何ですと、もう一度言ってみろ」
法学部教授「(冷静に) そういう考えも成り立つと、言ったまでですよ」
医学部教授「きさまに、医学にかけるワシの情熱などわかるまい」
法学部教授「和田移植の時、二つの命から一つの命を作る技術だと言っていたが、結局は二つの命を亡くすことになった。その教訓を忘れるべきではないでしょう」
医学部教授「あんなヤブ医者と一緒にするな。海外の事例をみてみろ、移植技術は日進月歩で進んでいる。日本がとりのこされてもいいのか、バカ」
司会者「まあ、落ち着いて下さい。他の人の御意見を伺ってみましょうか。理工学部の、渡辺教授、いかがでしょうか」
理工学部教授「ああ、私の意見は簡単だよ。そんな脳死なんて勇み足をしないでも、重病患者を救う方法はある」
司会者「ほう、そうですか」
理工学部教授「ああ、私の開発した、人工心臓を使えばいいんだよ」
医学部教授「お前の作ったものなんて、信用できるか、バカタレ」
理工学部教授「何を言ってるんだ、ヤブ医者」

医学部教授「ワシがやぶ医者なら、お前はペテン師だ。できもしないことを言いやがって。なにが人工心臓だ」

司会者「あ、あ、ここは一つ話し合いでお願いします。お二人とも、席へ戻って下さい。経済学部の岩山先生、どう思われますか」

経済学部教授「やっぱりね、市場メカニズムは優れてるよ。これはアダム・スミス以来の真理だよ。東欧を見なさい、ソ連を見なさい。みんなね、変なことをやったとこはダメになってるんだから。自由競争ばんざい」

司会者「そうすると、臓器移植の問題は」

経済学部教授「ああ、みんな自由に任せればいいんじゃないの」

法学部教授「何ですか、聞き捨てなりませんですね。今の言葉は。ひょっとすると臓器の市場までも、できてしまうかもしれませんのですよ」

経済学部教授「いいんじゃないの。臓器市場。市場によって臓器がその臓器にもっとも相応しい人間の所に行くんだよ。これはね、臓器の解放だよ。臓器の人間からの解放だ。あんただって解放は好きだろ。しょっちゅう言ってんじゃない。アフリカの民族自決がどうしたとか」

法学部教授「あなたには倫理的な問題関心はないんですか」

経済学部教授「ねーよ。ちょっとばかし偏差値が高いからって、お高く止まってんじゃねーよ。法学部の図書館は、別の学部の学生を入れないって、ありゃどういうことだ。あれからまず改善しろ。あれのおかげで、資源の最適な配分ができない。パレート効率性さえ満たされていない、この野郎」
法学部教授「貴様らなどいれたら、法学部図書館の権威が失墜してまうわ」
商学部助教授（ひとりごとのように）「確かに興味あるなあ。臓器の市場がどんな市場になるのか。ここでマーケティングをしてみたら面白いだろうな。心臓の市場と肺臓の市場と肝臓の市場はどう違うのか、これらの市場同士の関係はどうなのか」
法学部教授「お前は悪魔の手先だ、大学から出ていけ」
司会者「まあ、落ち着いて下さい。農学部の多田先生、ご意見は」
農学部教授「そうだねえ。まあ臓器移植もいいけどね。でも、うちの花子ちゃんからとっちゃダメだよ」
司会者「花子ちゃんというのは」
農学部教授「何だ知らないの？　うちで飼ってるかわいいウシの花子ちゃんだよ。どうも、人間がダメだっつうと、ブタだか何だかから臓器を取るっていうけど、動物さ、かわいそうだよ、同じ人間なんだし」
法学部教授「ちょっと待ってください。どうして動物が同じ人間なんですか」
農学部教授「いい間違えただけよ。あんたも人の揚げ足とるね。同じ生物なんだしさ、かわいそうだよ」

医学部教授「あんたのところの汚ねえブタやウシの話なんか、だれもしてないんだよ」
農学部教授「そんならいいけど」
司会者「社会学部の豊田先生は、いかがですか」
社会学部教授「こういった問題はですね、まず社会的なコンセンサスを得てからですね、慎重にことを対処するのがよいかと存じます」
医学部教授「あんたの発言はいつもそうだ。社会的コンセンサスだなんて、社会はバカの集まりじゃないか。盲人が盲人を導くようなものだ。その間にだって、患者はどんどん死んでいくんだぞ、おい。わかってるのか。この無責任野郎」
社会学部教授「もちろん民主主義社会である以上、コンセンサスに時間がかかるのはやむを得ないところです。しかし、拙速主義はいけない。それから、世論の操作や誘導の危険性があります」
医学部教授「だから何なんだよ、それがどうしたんだよ、その先を一度でも言ってみろよ」
薬学部教授「私にも一言言わせてくださいよ」
司会者「あ、薬学部の林原先生、どうぞ」
薬学部教授「臓器移植の問題は、やっぱり、よい免疫抑制剤が開発されるかどうかの問題だと、私は、思っております。しかるに、そのような免疫抑制剤を開発するにあたって、現在日本の薬学研究に対する予算配分は、あまりに少ないのではありますまいか。よって、私は薬学部予算の大幅の増額をここに主張したいのでありまして」
経済学部教授「おいおい、原稿が間違っててんじゃないか。文部省の視察じゃないんだから」
薬学部教授「いえ、間違ってはおりません。あらゆる機会を捉えましてですね、研究予算を確保したいと」
経済学部教授「そんなこというなら、不老不死の薬を作ってみろよ、女がコロリと参るような媚薬《びやく》を作ってみろよ」
薬学部教授「ですから、研究費がないので、できないのであります」
司会者「わかりました、わかりました。あ、せっかくですから、文学部の後藤教授も、意見をお願いします。後藤先生」
文学部教授「ぐーぐー」
司会者「んんん（咳払い）。（少し声を大きくして）あの、後藤先生！」
文学部教授「あ？　あーあ。よく寝た。おや、何か？」
司会者「あの、臓器移植問題について、一応御考えを伺いたいんですが」
文学部教授「ああ、移植ね。いいんじゃないですか、どんどんやれば。昔の中国の古典にもありますからな。移植（衣食）足りて礼節を知る、というのが。ハハハ、ハハハハ。ハハハ」
法学部教授「くだらん！」
文学部教授「もう一つあるよ。臓器移植提供者が臓器を売りに行く時の悲しみを歌った歌を知ってるかい」

法学部教授（無視している）「………」

文学部教授（歌い始める）「ある晴れた昼下がり市場へつづく道、荷馬車がゴトゴトドナーを乗せてゆく。ドナドナドナー、ドーナー、ドナドナドーナード」

経済学部教授「ほう、ドナドナと、ドナー（臓器提供者）をかけたわけですね」

法学部教授「くだらん」

兵士

1

アスファルトの道路に、真っ赤なハイヒールの千鳥足。カツカツ、カツカツカツと、鉛筆の尻で机を叩いているような音を立てる。空には半月が、雲の間から顔をのぞかせている。規則正しく並んでいる街灯のうちの一つが、もう寿命を過ぎたのか、思い出したように点いてはまた消える。

ハイヒールの足音は、この界隈《かいわい》で最も高い建築物であるメゾン・ド・フラール、十五階建ての女性専用高層マンションの方へと吸い込まれていった。年のころなら二十五、六、長い髪を自然に肩まで伸ばし、目許はきりりと引き締まり、ボディーの均整もなかなかのものである。

さて、彼女は、ロックカードをハンドバッグから取り出すと、差し込み口に入れる。隣には電話機のような数字板がついており、彼女は暗証番号を押した。暗証番号というと誕生日などにする方が多いようだが、彼女のはなかなか見破りにくい。初めて男を抱いた日の日付なのだから。

大きくて厚いガラスのドアがさっと開きかけた時、彼女は純白タイル張りの床が泥で汚れているのに気がついた。しかも、ところどころ混じっている赤黒いものは血痕らしい。普段は掃除が行き届いていることから考えて、この汚れはごく近い時間のものである。おまけにその泥と血痕らしきものは、ところどころ線をなしてマンションの中まで続いているのだ。

殺人事件？　まさか。

泥と血痕を避けるように歩いていくと、それらはエレベーターの前まで続いている。ボタンを押してエレベーターを開けると、エレベーターの中までも。

彼女の部屋は最上階である。薄くマニキュアを塗った指が伸び、15の数字に触れた。ドアが閉まる。上昇を始める。腕時計を見ると、もう十一時半を過ぎている。さすがに妹も帰っているだろう。

チンと音がした。ドアが開く。

一歩を踏み出して、彼女は愕然《がくぜん》とした。泥靴を引きずったような跡が、まだ続いているのだ。嫌な予感がする。さっと目を走らせると、その予感通りに、とぎれとぎれの線は、彼女の部屋まで続いているではないか。酔いも一遍に覚め、彼女は奥から二番目のドアまで駆け出した。ドアには「池原純子・美佐子」という表札が掛かっている。

ドアを開けた。玄関には汚れた軍服に身を固めた大男が寝転がっていた。彼女、こと池原純子は目を大きく見開き、ぎゃあと声を挙げた。その声を聞いて奥からパタパタと若い女が顔を出した。

「おねえちゃん、お帰りなさい」

2

「いったい何なのこの人は」

「マンションの前で苦しそうに呻いてたのよ。だから、可愛そうだと思ってここまで引っ張ってきちゃったの」

「………」

「それなんだけど、この人なんだか汚いから、部屋に上げるのが嫌になって、それで、玄関に………。いけなかった？」

「全く何を考えているんだか」

「じゃあお姉ちゃんだったらどうしたの？　ああそうか、お姉ちゃんは冷たいから、きっとフンと言ってそのまま無視して置いとくんでしょうね」

「これからどうするつもりなの？」

「だから、ついさっきのことなのよ。別に何も考えてないわ」

「そんなことだろうと思った」

「じゃあ、お姉ちゃん、どうするのよ」

「それを今考えているんでしょ。まあいいわ。汚いんだったら洗ってあげましょ」そして純子は、寝転がっている男に声をかけた。

「あんた、一体何なの」

「ワタシハ……兵士」

「兵士ねえ。確かにそれらしい恰好はしてるわねえ」(この男、気違いかしら)。「まだ立てる？　立てるわよねえ。兵士だもんね」

「エエ、何トカ」

「じゃあ立って」

「ハ、ハ、ハイ」

「早く。それから、洋服を脱いで。全部脱いで。あら、銃を持っているのね」

「ハイ」

「危ないから預かっておくわ。美佐子、これしまっておいて。裸になったら、ドアを開けて通路に出てちょうだい」

　哀れな男は、迷彩服を脱がされ、下着も取られて裸に剝かれ、マンション十五階の廊下で、寒風に震えている。

「美佐子、洗濯機の横のホースを水道に繫げて、ここまで引っ張ってきてちょうだい」

「はあい」

「それじゃあ、蛇口をひねって」

「はいはい」

水は勢いよく飛び出す。純子は、男の顔に、胸に、腹に、手足に水を当てて、泥と埃を洗い流した。腿《もも》の辺りと肩の皮膚がザクリと切れて、そこから血が流れ出しているが、単なる外傷で、大した怪我ではないようだった。それよりも目を引いたのは男の衰弱ぶりで、背は高かったが腹には脂肪のかけらもなく、整った顔立ちながらも頬はこけ、顎と鼻の下には一センチほど汚い髭《ひげ》が伸び、目だけがらんらんと異様に輝いているのだった。

3

純子は裸の男にタオルをかけてやった。

「あら、まだ出血が止まらないの？　あああ、タオルが血だらけね」

「スミマセン」

「美佐子、包帯を持ってきてちょうだい」

「自分デ、シマス」

「無理でしょ、自分の肩に巻くのは。ほら、じっとして」

純子は肩と太股《ふともも》に包帯をていねいに巻いてやった。

「髭が伸びてるわね。あんた兵士なんだから、このナイフで髭を剃《そ》りなさい。いいわね、クリームなら、そっちの洗面台にあるから」

「ワカリマシタ。アノ、軍服ハ」

「ああ、あれね。いま妹が洗濯してるわ」

「ソウデスカ」

「何か着なくちゃね。女所帯だから男物はないのよ」

「何デモイイデス」

「じゃあ、ほら、このパンツはいて、ただし、前は開いてないわよ。それから、ジーパンはいて、シャツを着なさい。それから、銃は危ないから、預かっておきます」

「デモ私ハ兵士ダカラ、銃ガナイト戦エナイ」

「いったいどこで戦ってるって言うのよ。どこで怪我したのかしらないけど、冗談もほどほどにしないと怒るわよ」

「………」

「それから今日は台所で寝ること。一応掛け布団は貸してあげるから。もし、私たちの寝室に入ってきたら、警察を呼ぶわ。わかったわね」

「ワカリマシタ。オ嬢サン」

「よろしい。では、美佐子、布団をもってらっしゃい」

「はあい」

美佐子がキッチンにせんべい布団を持ってきた。

「じゃあ、おやすみ、兵士さん」

「ホントウニアリガトウゴザイマス。オヤスミナサイ」

4

「一体どうしたらいいのかしらねえ。警察を呼ぶ？　それともこのままどっかに埋めちゃう？」

翌朝、先に目をさましたのは、妹の美佐子の方だった。台所で寝ている兵士のことが何となく心配になったのである。時間は六時半。

「おはよう、兵隊さん」

返事はなかった。それどころか、眠っている兵士の顔がおかしい。血の気が全く失せている。

「ねえ、大丈夫？」

布団をバッとめくりあげてみると、胸の部分に弾痕があり、そこから出血していた。もはや息をしていないことは明らかだった。

「お姉ちゃん、たいへんたいへん」

「何よ、いったいどうしたのよ」

純子は、美佐子に手をひかれて台所に来た。

「何よこれ、死んでるの？」

「そうよ、死んでるのよ」

そして、先程の発言につながるのである。


「自殺かしら。他殺かしら。事故死かしら」

しばしの沈黙の後、純子が口を開いた。

「そんな呑気《のんき》なことを。自殺のわけないし、事故死のわけもないわよ。他殺よ、他殺。きっと敵がやってきて、殺していったんだわ」

「でも美佐子、あんた昨日鍵をかけたでしょ。この部屋は密室よ。密室で人が殺せるわけないわ」

「お姉ちゃんバカねえ。推理小説の読み過ぎだわ。こんな部屋、その気になればいくらだって入れる。管理人室には合鍵もあるし、窓をこじあけて元通りにするのも簡単よ。この兵隊さんが私たちの部屋に入るのを見ていた人がいたらね」

「そうか、ナンマンダブ、ナンマンダブ。あんた、今日の予定は？」

「大学よ。いつも通り」

「そう、じゃあ、とりあえずこの始末は帰った後ね。いまは寒いから、腐ることもないだろうし。あたしも、今日会社を休むわけにはいかないから」

「ねえ、おねえちゃん、そんなことより」

「何よ」

「本当に戦争してるんじゃないかしら。だって、きれいに心臓を射ぬかれてるわ。私たちには見えない所で、戦ってるんじゃないかしら」

「そんなのセルビアやカンボジアやペルーの話よ。私たちには関係ないわ」

「じゃあどうしてここに兵士がいるわけ、撃たれて死んでるわけ。私にはこれが現実とは思えない。でも、現実なのよ。そりゃテレビではやらないわ。新聞にも書いてない。でも、いま、ここ、日本で戦争が行われているのかもしれない」

「ただの気違いよ。気違い」

「じゃあ何で殺されてるの？」

「わかった、内ゲバだわ。前武巨泉の内ゲバ三十分」

「どうしてお姉ちゃんはこんな時にふざけられるの？」

「あんただって、笑ってるじゃないの、ははは」

「ははは」

「警察呼ぶのは面倒だわ。どっかに捨てて引っ越しましょうよ。ねえ。私だってボーナス入るし、親だって多少は出してくれるし、もっといいところに」

「そうね」

「それにしても、とりあえずあんたは大学に行って、あたしは会社に行って、その後ね。捨てるのは」

「………」

「何ボケッとしてるのよ。今日の朝飯はあんたが当番よ。ほら、早く早く」

「はあい、オムレツでいい？」

「またオムレツ、たまには違うものができないの？」

「お姉ちゃんだって、いつもホットケーキじゃないの」

「なんだこのやろう、人のことはホットケーキ！」

「ははは」

「ははははは」

姉妹の笑い声が響く。

5

アスファルトの道路に、真っ赤なハイヒールの千鳥足。カツカツ、カツカツカツカツと、鉛筆の尻で机を叩いているような音を立てる。空には半月が、雲の間から顔をのぞかせている。規則正しく並んでいる街灯のうちの一つが、もう寿命を過ぎたのか、思い出したように点いてはまた消える……。

さて、昨日と同じように純子は帰ってきたが、部屋のドアを開けた途端に、「お姉ちゃん、遅かったじゃない、どうするのよ、死体！」

と美佐子に言われた、ハッとした。

「あ、そうか、そのことがあったんだ。すっかり忘れてた。で、どうだったの、大学は」

「それどころじゃないでしょ！」

「こういう時こそ、平常心が大事なのよ。ちゃんと勉強した？　国際関係論。こういう時にこそ役立てなくちゃ」

「もう！　勉強どころじゃなかったよ」

「気が小さいのね。あ、そうだ。兵隊さんの洋服、どうした？」

「朝洗濯して干して、もう乾いてるよ」

「一度着てみたいと思ってたのよね、こういうの」

純子は洋服を脱ぎ、スカートを脱ぎ、衣紋掛けから迷彩服をとると、腕を通し、ボタンをとめた。ズボンもはいた。そして、ヘルメットもかぶった。

「なんだ、まだ血痕がちゃんと落ちてないじゃない。あんた、何回すすいだ？」

「二回よ」

「ちゃんと二回？」

「ちゃんと二回よ」

「そう、じゃあ洗剤のせいだな。あの洗剤、テレビでガンガンＣＭ打ってるわりには汚れが落ちないんだからな。あ、そういえば、銃もあったよね」

純子は銃を肩からさげた。

「どうだ、決まってるだろ、へへっ」

「お姉ちゃんカッコイイ」

「よし、いっちょ戦ってくるか」

純子が威勢よくドアを開けた時、どこからか銃声が響き、純子はウッと悲鳴を上げて倒れた。

美佐子があわてて駆け寄る。

「お姉ちゃん、あ、いま救急車を呼んでくるね」

「頼むわ」

美佐子は受話器を取った。

「もしもし救急車さんですか」

「そうです」

男の声は冷静だった。

「姉が大変なんです。場所は、メゾン・ド・フラールの十五階です。急いで下さい。撃たれて大変なんです」

「わかりました、至急向かいます。お名前と電話番号を」

「池原美佐子、×××ー××××です」


美佐子は純子の所に戻る。純子は目を閉じている。

「お姉ちゃん、しっかりして、お姉ちゃん」

「まだ大丈夫よ、でも、もう死ぬわ。だって胸を撃たれてるもの。いくらあたしの胸が大きいからって、弾は心臓にめりこんでるわ」純子は微笑んでいた。

「お姉ちゃん、大丈夫よ、大丈夫。もうすぐ救急車がくるし」

「人は兵士に生まれない、兵士になるのだ、軍服を着ることによって」

「それ、誰の言葉？　ボーボワール、それとも」

「あたしの言葉よ、池原純子の言葉、よく覚えておきなさい」

「お姉ちゃん、死んじゃいやー」

「お父さん、お母さんを大切にするのよ」

「お姉ちゃん」

「地球をきれいにしよう、物を大切にしよう、一日一善！」

「お姉ちゃん、死なないで」

「あたしってカッコイイわ。戦って死ぬんだから」

「お姉ちゃん、カタキは絶対討つわ。草の根を分けてでも探し出して、お姉ちゃんの仇を討ってやる」

「ありがとう、それでこそ兵士の妹だぜ。あばよ」

純子は目をとじた。

救急車のサイレンが近づいてくる。

6

純子は意識を取り戻した。しかし体が痛い。どこを動かすのもおっくうだった。なんとも言えない芳香が漂っている。

「あたし、それでも生きてるのね」

純子は目を開けてみた。そこに広がっていたのは、お釈迦さまと蓮の花でもなければ、閻魔《えんま》大王と血の池でもなく、予想通り、殺風景な病院の個室だった。

「お姉ちゃん、気がついた？」

美佐子が声をかけた。

「おう。それで犯人は？」

「つかまってないわ」

「会社には電話してくれた？」

「うん。入院してるって言っといた」

「おう。それで病状は？」

「一ヵ月は安静にだって」

「困ったな。プロジェクトがあたし抜きで進んでしまう」

「そんなこと言ってる場合じゃないでしょ」

幸青島《さちあおじま》

それは突然のことだった。

勤めていた給食センターが、出勤してみたら倒産していたのだ。

不況だのリストラだのといった話は聞いてはいたが、まさか自分のところにふりかかってくるとは思わなかった。後から振り返れば、確かに売り上げは落ちていたようではあったが、いかんせん経営の中枢のことは下っ端には知らされないし、知らされたところでどうしようもない。

そのショックからはや一ヵ月。なかなか職が見つからない。あるのは時給の安いアルバイトくらいだ。アルバイトも繋ぎでならよいが、ずっと続けるわけにはいかない。正規の職は、私の条件ではほとんどない。

かといって出費は減らない。家賃、電話、電気、ケータイ、ガス、水道などが容赦なく引き落とされる。国民年金や医療保険もある。いけないと思いながら、ついつい娘に当たってしまう。もちろん娘の方も負けてはおらず、精一杯抵抗する。朝は起きず、ご飯は食べず、保育園には向かわず、テレビをやめず、夜は寝ない。泥沼の生活だ。

私は片山しのぶ、三十二歳。高卒。資格、特技なし。自分では美人の方だと思うが、人が見てどうなのかは分からない。六年前に結婚したが、昨年離婚し、今は三歳になったばかりの娘と二人で暮らしている。

最後の手段として、「体を売る」という方法もあるにはある。実際にそうした仕事をしている同級生もいるし、町を歩いていてスカウトされたこともある。慣れてしまえばどうということもないのかもしれないが、私はイヤだ。

娘の保育園を止めさせれば、多少のお金は浮く。しかし、娘と一日中一緒にいるとなると就職活動にも差し支える。何をどう考えても八方ふさがりだ。

「ママー、きょうはイキタクナイヨー」

スプーンでコーンフレークをはねとばしながら娘がごねる。

「何言ってるの、早く支度しなさい、ほら早く」

「ママー。あのね、あのー」

今日も正当な理由なくさんざんにぐずる娘を、やっと保育園に送って行って、家に帰った後、ハローワークに行こうか考えながら新聞の求人欄を眺めていると、こんな求人広告があった。

「正規職員・住み込み調理員急募。即決。緑の島で働きませんか。××県幸青島《さちあおじま》ふれあいいきいき生きがいセンター。担当：鈴本まで電話で連絡を」

正規職員とは魅力的な文字だ。「幸青島」とは聞いたことのない名前だが、「幸せの青い鳥」をもじってつけられたのだろうか。「ふれあいいきいき生きがいセンター」という名前は、いかにもお役所仕事でちょっと不気味だ。ふれあっていきいきする？　気持ち悪い。とはいえ簡単な調理と配膳くらいしかできない私には、けっこう魅力的な選択肢に思えた。

ていうか、狭いアパートに閉じこもっているよりは気分転換になるかもしれないし。

娘のことが気掛かりだが、連れていかない方がいいだろうな。同年代の子供たちと別れて、母親と二人で身を寄せるより、保育園に通っている方がずっとましだ。もし就職が決まったら、私の母のところに娘は預けてしまおう。

私と母は、母一人子一人の生活が長かったためか、折り合いがあまりよろしくない。一緒に住んでいないのもそのためだ。だが孫のことはかわいいらしく、時々お菓子やおもちゃを買って遊びに来る。預ければむしろ喜ぶくらいかもしれない。それに母はもと保母である。その割には、私の育て方には失敗しているが。

求人記事の電話番号に早速電話してみると、どうも私が最初の応募者のようで、今日すぐにでも来て欲しいという。就職難といってもみなけっこう仕事を選んでいるのかもしれない。しかも向こうの言い方はちょっと強引だ。なにか裏でもあるのだろうか。

「月給はいくらですか？」

自分でも現金なものだと思うが、これを聞かなくては始まらない。

「基本給はだいたい二十万で、それに加えて諸手当もつきます」

「手当というのは？」

「単身赴任手当、僻地手当、離島手当、その他です」

その他というのが気になるが、また後で聞けばよいだろう。悪くない額だ。

「仕事の中身は食事の支度でいいのですね」

「ええ。調理と配膳を朝、昼、晩、それにおやつと、一日四回お願いします。あとは自由です」

「何人分ですか？」

「スタッフも含めて四十四人です」

「それを一人でこなすのですか？」

「ええ。ですが、簡単な調理ですよ。それに、味にうるさい人は少ないですし。まあ病院食とでも思ってもらえば」

「でもけっこう人数は多いですよね」

「収容者に当番制で仕事を手伝ってもらうこともできます。まあ、上に立って食事をとりしきる専任の人間を一人は欲しいのです」

「契約ということになれば、今日からそのまま住み込みということですか？」

「ええ、うちの島は太平洋に浮かんだ離れ島で、飛行機もないし、船も定期便はありません。簡単に往復は出来ないのです」

「ではどうすればいいのですか」

「今から迎えの船を出します。というか、私がこれから迎えに行きます。夕暮れ時に、黒浜海岸の三号埠頭で待っていて下さい」

「夕暮れ時と言われても漠然としてますよね。時間を正確に決めた方がいいのではないですか？」

「いや、こちらは今から島を出て、何時に着くか正確には分かりませんから。大体八時間くらいかかります。まあ夕暮れ時と思ってくれれば一番いいので」

「分かりますかね」

「分かります。私はハゲてますから、目立ちますよ」

鈴本と名乗る担当者は、私の不安をよそに、何故かはしゃいだような声を出して、大丈夫、すぐ分かりますよと繰り返した。ハゲと言われても、ハゲにもいろいろ種類があるだろうに。つるっぱげ、円形脱毛症、方形脱毛症、三角形脱毛症。前髪後退、後髪前進、真ん中残し。シマウマ状態、パンダ状態。ははははは。が、さすがに、どんな形のハゲですか？　とは聞けなかった。


　私の住むアパートから待ち合わせの黒浜海岸へは、調べてみるとＪＲと私鉄を乗り継いで、三時間ほどかかる。したがって夕暮れ時に着くためには、娘を保育園に迎えに行く前、昼下がりには家を出なくてはならないだろう。このまましばらく幼い娘と離れるのはちょっと気が引けるが、背に腹は替えられぬ。すぐ母のところに電話した。

「もしもし、お母さん？」

「ああ」

「頼みがあるんだけど」

「なんだい？」

「今日から美香《みか》を預かってもらえないかな。保育園に迎えに行って、そのまま」

「どうして？　何かあったの？」

「実はね、就職が決まりそうなんだけど、遠い所なんだ。幸青島っていう離島なの」

「そんな遠い所へわざわざ行かなくてもいいんじゃない？」

「仕事がないんだから。母さんのように年金で暮らせるいい身分じゃないんだもの」

「口が悪いのね。あたしも女手一つで働いてあんたを育てて、やっと繰り上げ年金がもらえるようになったのにその言いぐさはないだろ」

私の口の悪さは母親似だ。何せ父親の影響をほとんど受けていないのだから。父は母に三行《みくだり》半をつきつけられて、私が小学一年生の時に出ていった。その後父は再婚し、私も二度だけ会いにいったが、たどたどしい会話をしただけだった。最近は離婚をしても仲良くしている人たちがいるようだが、私も母も、そういう器用なことが全くできないところはよく似ているのだ。

「あたしだって大学に行きたかったのに、うちが貧しいから我慢したのよ」

「またその話かい。大学なんか行ったたって理屈っぽくなるだけさ。父ちゃんがいい例だよ。で、一体いつ帰って来れるんだい？」

「分かんないよ。しばらくはお金を稼ぐのに専念するつもり」

「失業保険と、隆さんからのお金じゃ足りないのかい」

「保険はすぐ切れるし、養育費は」

「何だい」

「いや、何でもない」

隆というのは昨年別れた夫だが、彼からの養育費の支払いが滞っていることを、母に言いたくはなかった。自分が苦労続きだったから、辛くても離婚するなと言った母の反対を押し切って別れた私の意地だ。離婚の理由は隆の浮気。どうせまた新しい女を作っているに違いない。

癪《しゃく》だが、連絡をする気にもならない。

「そうかい。どうしても行くんなら仕方ないね」

「仕送りするから勘弁してよ」

もちろん母も最終的には承諾してくれた。しかし考えてみれば、幸青島から仕送りする方法があるのだろうか。

そう言えば、いったい何ヵ月単位で働くことになるのかさえ、さきほどの鈴本氏にきちんと聞かなかったことに気がついた。電話をかけてみたが通じない。もう島を出てしまったのだろう。それなりに着替えの数も要るだろうし、化粧品などもストックしておく必要がある。

とりあえず近所のスーパーに出掛け、今財布にあるだけのお金を使って、下着や化粧品などを買い揃えた。これで話が決まらなければ、その分だけ損である。いや、損ということもないか。このまま暮らしていても、洋服や化粧品は使うのだから。本当は美容院にも行きたかったが、金がないので諦めた。

帰って家の掃除をしている間に、お昼も過ぎた。そろそろ駅へと出掛けなくてはならない。保育園やハローワークには自転車で行っているので、失業して以来、私はほとんど電車に乗っていない。娘のいる保育園を覗いていこうかとも思ったが、結局止めた。娘の方が気づいて泣かれでもしたら、かえって別れが辛く、面倒になる。

駅の売店で退屈しのぎにミステリーの文庫本を買った。そういえば幸青島にも図書室くらいはあるのだろうか。テレビは入るのだろうか。衛星時代だからテレビくらい入りそうなものだが、もし入らなかったら、長い夜の時間をどうして潰せばよいのか。

乗り換えが思いの外スムーズに行って、午後四時過ぎにはもう黒浜駅に着いてしまった。スムーズに行ってほしいことはスムーズに行かず、スムーズに行かなくもいいことはスムーズに行く、それが人生。

黒浜駅は無人駅で、改札口には黄色い箱が置いてあるだけ。待合室のベンチも、駅舎の看板も、ペンキが剝げちょろけていて、寂しいことこの上ない。

ホームからもう海が見える。しばらく歩くと海岸に出た。黒浜海岸に来るのは初めてだ。名前は聞いたことがあったが、海水浴場として知られた隣の白浜海岸に比べて、いい印象がない。大体黒い砂というのは、ヘドロで汚れているのではないか。

しかし夕方の海はそれなりには美しかった。砂の色も別段汚れているようには見えない。但し海草に交じってゴミが漂着しているのは、どこも同じだった。

冬の海辺には海水浴客も、サーファーもおらず、ところどころに若いカップルが座って、ぼうっと波しぶきを眺めている。思えば私と隆にも、そんな時代があった。隆はよく車で私を海に連れてきてくれた。今はおそらく別の女を助手席に乗せてにやにやと笑っているのだろう。ちょっと腹が立つ。いやまだ勤務時間か。もっとも隆は営業マンだから、勤務時間内だってデートなどお構いなしだ。私ともそうだったし。

海を見ているうちに日も暮れてきた。古びた木の案内板を見ると、三号埠頭というのはここからかなり距離があるらしい。海辺の散歩も悪くない。しばらく歩いて埠頭に着くと、そこには既に二隻のフェリーが停泊していた。一つは警察庁、もう一つは海上保安庁のもので、私の乗る幸青島への船はまだ来ていない。仕方なく、ミステリーの続きを読み始める。強欲な金持ちの貴婦人が絞殺され、傲慢な執事が毒殺され、貴婦人の若い愛人まで射殺されたのに、探偵はまだ現れない。

ようやくそれらしい帆影が見えてきた。小型の、薄緑色のジェット船である。ケータイが鳴った。

「お待たせしました。今着きました。船、分かりますか？　幸青丸です」

「今着いた船でしょうか」

確かに、ライトに照らされてボーッと浮かびあがる白のジェット船には丸ゴシック体で青く「幸青丸」の文字があった。

「そうです、今降りますから、待っていて下さい」

見ていると、確かに頭のてっぺんが禿げた、胴長短足の中年男が、茶色いセーターを着て、船から半ばよろけるように、桟橋に降り、私の方へと近づいてきた。太いゲジゲジ眉毛に、ミミズのように細い目、そして団子っ鼻、分厚い唇。足の運びがもたついているところを見ると、どうも酔っ払っているらしい。といっても酒臭くはないから、わずかな酒量で酔えるタイプなのだろうか。

「片山さんですね」

「はい、あなたが鈴本さんですか」

「そうです。いやあ、本土に上陸するのは一ヵ月ぶりですよ。まあ、飯でも食いましょう」

「すぐに出なくていいんですか？」

「構いません。どのみち長旅ですからね」

鈴本氏と私は、海岸沿いにある一軒のファミレスに入った。鈴本氏はハンバーグ定食を、私は和定食を注文した。

「まず、本当のことをお話ししなくてはなりません。後から悪い噂を聞かれるよりいいですから。実は幸青島は別名、自殺島と呼ばれているのです」

鈴本氏が話の口火を切った。

「ひどい名前ですね。自殺者が多いんですか」

「いえいえ、そうではないです。自殺未遂を起こした患者たちを隔離して収容しているのです。島には他には何もありません。その収容施設が、生きがいいきいき、いや、ふれあいいきいき生きがいセンターなのです」

「そんな人達を一緒に収容して、かえって心中事件を起こしたりしないのですか。それに、まるで厄介払いのようですね」

「そんなものなのですよ。でもね、娘さんがいつもリストカットばかりしていたら、一緒にいる親も参ってしまうでしょう」

うちの娘も大人になったらリストカットをすることがあるのだろうか。

「しかし、うちの施設では自殺が起きないように、細心の注意を払っています」

「実は私の知り合いの社長さんにも、経営が行き詰まって、債権者たちに申し訳ないという理由で自殺した人がいますよ。そんな人たちを、借金を清算せずにただ収容しても、根本的な解決にはならないような気がしますが」

この社長さんというのが、実は私が勤めていた給食センターの社長だ。自殺した人を悪く言わないのは、日本の美徳なのか、それとも全てを水に流す悪癖なのか、私には分からない。

「それもそうですが、お金はなんとかなるものです。借金は自己破産して踏み倒してしまえばいいのですから。国だって多額の借金を抱えているのですよ」

「破産してまで生きていたくない、というのが自殺する人の気持ちではないのでしょうか。周りの人に迷惑をかけたくないという」

「おや、片山さんは自殺する人に同情的なのですか」

「必ずしも同情的というわけではありません」私は慌てて付け加えた。ここで彼の機嫌を損ねてはならないだろう。「生きている限りは、自分で死んではならないと思ってます」

「そうでしょう。そうですとも。

幸青島では、収容者が自殺しないように、いくつも工夫をしているのですよ」

「どんな工夫ですか？」

「まず第一に、島には刃物がありません」

「え？　それでやっていけるのですか？」

「何とかなってます」

「特に料理が難しいのではないですか。肉も野菜も切れないのでしょう？」

「基本的には、カットした肉と野菜を運んでいます。それと、葉ものについては手でちぎって調理します」

「カットすると、そこから質がどうしても劣化しますよ」

ウエイトレスが料理を運んできた。二人ともしばらくだまる。「注文はお揃いですか」の決まり文句に、無言でうなずく。

「こうしたファミレスの料理だって、刃物なしじゃ作れないでしょ」

「ハサミくらいならあります。セラミック製の、先の丸い、小さいハサミですが。それから爪きりならあります」

「じゃあひげそりは？」

「ありません。カミソリが一番危険です」

「ジューサーミキサーは？」

「ありません、危険ですからね」

「ジューサーミキサーでは自殺はできないでしょ？」

「指をひきちぎるかもしれない」

「しかしそれじゃあポタージュスープをどうやって作るんですか？」

「そういうものはレトルトで本土から運びます」

「何だかあんまり、やる気の出そうな仕事じゃないですね」

つい本音が口をつく。私だってたまにはすごい料理に挑戦したいのだ。四十四人分は大変だが。

「いやあ何だか、説明するのは気が重いな。他にも」

「まだあるんですか」

「ええ、幸青島には基本的に、長いものがありません。首吊り自殺を防ぐためです」

「ということは？」

「ひもがありません。それから、ベルトやネクタイは禁止です」

「そんなものを禁止しても、死にたくなったら、長袖シャツや長ズボンやカーテンでも首をくくれるのではないですか」

「長袖シャツや長ズボンも禁止です」

「私、一つ長ズボンを買ってきてしまったのですが」

「それは困りましたね。あなたの私物として厳重に管理して下さい」

そんなことは言われなくても分かっている。

「それから、飛び下り自殺を避けるために、建物はすべて平屋です」

「平屋ですか。じゃああまり景色はよくないのですね」

「ええ。そればかりか、高いガケの個所が三ヵ所ほどあったのですが、そこから飛び下りされると困るので、県の予算ですべて削りました。したがって、もう崖はありません」

崖のない島か。ぺろんとした島なのだろうな。

「それから、ガス自殺をされると困るので、ガスも各室には配給されていません。調理場にはプロパンのボンベを置いています」

炒めものができないかと思ったよ。

「同様に、各室では自分では火を使えないようになっています。マッチやライターはありません」

「焼身自殺できないように、ですか」

「ええ」

「もう一つ、自殺した作家の本は持ち込み禁止です。太宰治や川端康成の本はダメなのです」

「何でですか？」

「影響されると困るからです」

「ここまで来るとギャグみたい」

「われわれは本気です。その他、ショーペンハウエルの『自殺について』や、渡辺淳一の『自殺のすすめ』、もちろん鶴見済の『完全自殺マニュアル』も禁書ですよ」

「表現の自由がないいんですね」

思いの外、長い話となった。もちろん陽は完全に暮れ、既に暗くなっている。

「あ、そろそろ行きますかね。ここは払っておきますから」

「ごちそうさまです」

鈴本氏は私を先導して、先の埠頭に向かった。

「荷物、だいじょうぶですか？　持ちましょうか」

「大丈夫です。洋服なので、軽いから」

あんたに持たれたくないんだよ。


どんな乗り物でもそうだが、中に入ると、外から見ているよりは大きく感じる。このフェリーもそうで、ずいぶんと小さな船だと思ったが、内部はきちんと運転室と客室とに分かれているのだ。客室には二段ベッドが四つ。つまり、定員八人ということだろうか。

「あ、どこでもお好きなところでおやすみ下さい」

そんなことを言われてもどこでも一緒である。

「鈴本さんが運転するんですか？」

「いやいやちゃんと航海士がいます。紹介しましょう。井口君、出てきたまえ」

するとまだ私より五、六歳は若そうな青年が、別室から現れた。

髪はぼさぼさで、顔にはまだニキビが残っている。

鈴本氏はなんでこの青年を食事に呼ばなかったのだろう。ひどい話だ。

井口と呼ばれた青年は、私に向かってぴょこりと頭を下げた。「こんにちは」

「あなたも幸青島に住んでいるんですか？」

「ええ、一応」

「退屈しませんか？」

「退屈しますよ、でも、もう慣れました」

彼はすぐまた運転室の方へと戻っていった。どうやら無口な性格らしい。


「パジャマに着替えますよね」

パジャマとは、懐かしい響きだ。

「ええ」

「私は外に出てますから、その間に着替えてくれますか？」

「分かりました」

鈴本氏は寝室を出た。着替えるといっても、別にかわいいパジャマを持ってきたわけではない。いつも家で着ている、赤と白の縦縞の「囚人服」だ。

着替えてベッドにもぐりこんだ瞬間に、鈴本氏の声がした。

「入っていいですか？」

「いいですよ」

鈴本氏はまだ背広を着ている。

「あれ、鈴本さんは着替えないんですか」

「ええ、私はいつも背広です」

「それに、長袖、長ズボンはいけないんでしょ？」

「私は別ですよ」

「なんだか汚いなあ。不潔だし、ズルいぞ」私の口も容赦ない。酒も飲んでいないのに。

「孤独な中年男だからいいんですよ」

「鈴本さん、家族はいないんですか？」

「いますよ。妻と、娘二人。でもこの仕事になってからは会ってないですね。みんな自由に、いや、勝手にやってます。亭主元気で留守がいい、という奴ですよ。

片山さんは？　お一人ですか」

「今は一人です。実は離婚しました。娘が一人います」

「そうですか。あなたのお嬢さんなら、さぞおきれいなんでしょうな」

「ありがとうございます。でも、私に似ないで、亭主に似てるのですよ」

これは本音。

鈴本氏はワイシャツのまま、隣のベッドにもぐりこんだ。

船は揺れた。なかなか寝つけそうにない。

「この船の名前も幸青島から取られたものなのですね？」

「ええ、そうです」

「幸青島というのは、昔からの名前ですか？」

「いや、島の発見というか、開拓自体が昭和の時代ですから、そんな古いものではないです。幸せの青い鳥からつけたのでしょう」

「変な名前ですよね」

「いや、私は漁師たちの意地を感じますよ。そう、もともとは漁師の島です。しかし過疎化が進んで、もとの人達はみな出ていってしまいました。そこに県が目を付けて、施設を作ったのです」

「漁師はもういないんですか」

「いないです。残念ながら」

そこで話はいったん途切れたが、しばらく経って、鈴本氏がポツンと言った。

「幸せという字は象形文字なのですよ。山とか川と同じように」

「じゃあ、何かの形なのですね」

「ええ。何だと思います？」

「幸せ、というくらいだから、何だろうな。おいしい食べ物ですかね、それとも、愛しあっている姿とか？」

「食べ物ではありません。人が愛しあっている姿から出来た字は、『色』という字です。この『幸』という字は、かせの象形なのです」

「かせ？」

「かせって、分かりませんか。手かせ、足かせの、かせです。拘束する道具です」

「へえ、かせですか。でもなんで『かせ』が、しあわせという意味になったんでしょうね」

「説は二つあるんですよ。

一つは、手かせや足かせにはめられていないという幸せを、このかせの象形で表したんだろうという説。

そしてもう一つは、かせがあるからこそ幸せ、拘束があるからこそ幸せだということを表している、という説です。『O嬢の物語』のようなものですね」

「O嬢の物語って、何ですか？」

「ああ、若いあなたはご存じないですか。拘束されているうちにその幸せに目覚めていく娘を描いた、一種のSM小説ですな」

予想通りコイツはただのすけべおやじだ。ハゲの男は男性ホルモンが盛んだからスケベというが、その通りだ。

「そういえば、諸手当のその他って、いったい何ですか？」

「悪夢手当です。悪い夢を見る人が多くて」

「そんな手当があるんですか？」

「冗談ですよ」


「幸青島って、どんな形の島なんですか？」

「まあ行けばわかりますよ。大きさは周囲五キロくらいです。ですから歩いても、一時間もあれば一周できてしまいます」

「形は？」

「上空から見ると、ちょうどひょうたんみたいな形で」

「じゃあ、ひょっこりひょうたん島ですね」

「そんなものをご存知なんですか？」

「あ、リアルタイムでは見てないですよー。再放送とかで見て」

ひょうたんの形をした自殺島。シャレがきついな。

「やはり森が生い茂っているんですか？　ジャングルみたいに」

「いや、ほとんど刈り込みました。ジャングルで首でも吊られたら困るので、大規模な造成を行って、芝生にしてます。さっきも言いましたが、崖や山は削って、平坦な土地にしました。そう、ミニゴルフ場もあるんですよ」

「ゴルフ場は整備が大変でしょ？」

「実はそうなんです。そのために人は雇えないし」

「だいたい、何人で運営しているんですか？　そのいきいきがい何とかセンターは？」

「言わなくてはなりませんか」

「当たり前じゃないですか」

「実は所長の私と、航海士の井口と、そして料理人の、三人なんです」

「え？　じゃあ、今は？　島は収容者だけで、管理する側の人間は不在ですか」

「そうなんです」

「だいじょぶなんですか。いろいろと措置を講じてるようなこと言ってましたけど、全員で島を空けたらダメじゃないですか」

「いや、だって、仕方がないですよ。航海士がいなくてはならないし、私が面接はしないと」

「そう、私の前職者はどうしたのですか。辞めたのですか」

「それも言わなくてはダメですか？」

「当たり前でしょう」

「一週間ほど前に自殺しました」

なんなんだ、それは。私は言葉を失う。

「その後は私と井口と、収容者で何とかやってきましたが、やはり大変で。それで新聞広告を出したのです」

「原因は何です？」

「分かりません」

「方法は？」

「言えません、それだけは」

気になるじゃないか。それだけ配慮して、いったいどんな方法で自殺したのか。

「明日の朝には、幸青島に着きます。着いたらラジオ体操ですよ。いち、に、さん、よん。そう、『し』とは言わないで『よん』と言うのです。『死』を連想させるので」

「そこまでするのは、かえって不自然ではないですか」

「そう思うでしょう？　しかし、われわれも命をかけていますからね」

船がとろーんとろーんと揺れている。暖房がいい具合に効いていて気持ちいい。家にいる時にはヒーターも節約して、娘と二人で丸く縮こまっていた。

夢の中のことだ。

保育園の帰りに、白昼堂々、娘が誘拐された。

タイガーマスクの覆面をかぶって、縞のTシャツ一枚を着た筋骨隆々の若い男が、娘を私から奪い、小脇に抱えて逃げてゆく。私は追いかける。男は逃げていく途中で、果物屋の屋台とぶつかり、オレンジが道路に散らばる（まるで映画の一シーンだ）。いくら追いかけても息が切れるばかりで追いつけない。

男は娘を、走って来るダンプカーに向かって投げつけた。

「やめてー、やめてー」

私は大声で叫ぶが、その声は虚ろに響くばかりだ。


そこで目が覚めた。時計を見ると七時だ。船室には窓がないため気づかなかったが、いつの間にか朝になっている。隣のベッドは既に空になっている。鈴本氏はもう起きたようだ。私も着替えることにしよう。

鈴本氏と井口君は操舵室にいた。

「おはようございます」

「よく眠れましたか」

「ええ、まあ」

「それはよかった。おい、井口。おかしいじゃないか、まだ島が見えないのか」

「変ですね。ＧＰＳの表示ではとっくに見えてもいいころですが」


「どうしたんです」

「いやちょっとね、計器の故障かな。ははは」

鈴本氏は作り笑いをした。顔がひきつっている。

「まさか、島に着かないんじゃないでしょうね」

「カフカの『城』みたいにですか。どれだけ航行しても「島」にはたどりつけない。そんなばかな」

さらに十分過ぎた。

「もう島に着いているはずです」

「ＧＰＳがおかしくなったんじゃないか」

「そんなはずはないですよ」

「自殺島が沈んでしまったのか」

「ええ、自殺島の自殺ですかね」

井口青年はぬけぬけとそんなことを言った。

「私は責任を取らされるのかな」

鈴本氏の顔は蒼ざめている。

「みんな死んでしまったのかな。いったい何のために仕事をしてきたんだろう。夜中のうちに急に岩盤が崩れて、施設ごと沈んだとしたら、誰も助かっていないだろう」

私も甲板から、三六〇度を見回した。しかしどれほど目をこらしたところで、陸地はまったく見えない。どこまでも大海原が続いているばかりである。

しかしこんなことがあるだろうか。今までの話が全部、この鈴本氏の嘘ではないか。でも何のために？　私を誘い出すため？　まさか。


そして全て本当だとしたら。

あっさりと自殺志願者四十二人が亡くなった。

その人達を私は直接は知らない。


しかし人間というのはつくづく利己的なもので、私の頭に真っ先に浮かんだのは、自分の職のことだった。やれやれ。せっかくこんな遠い所にまでやってきたのに、また明日から戻って職探しだ。

それなのに私の頭の中ではなぜか、安っぽい「幸せの青い島」のイメージが、そう、白い砂浜に椰子の木、ハンモックでお昼寝といったマンガのような姿が、まとわりついて離れない。困ったものだ。幸せの青い島は常に、逃げ去る運命にあるのだろうか。

「着きましたよ。幸青島に」

鈴本氏に起こされた。まだ船室の中である。

「あれ、沈んだんじゃなかったんですか？」

「沈んだ？　いや、沈んでないですよ。あ、早速悪夢を見ましたね。ほら、あそこに見えるのが幸青島です。そして白く輝く平屋が、われらが『ふれあいいきいき生きがいセンター』です。

さあ、これから三人で頑張りましょう」

彼のハゲ頭から汗がしたたっている。

前任者が自殺したというのは、毎夜悪夢を見せられたせいではないのか。それで悪夢手当がついてるのでは。こんな裏があったのか。

しかし簡単には帰れないしな。

まあいい、悪夢の方から逃げていくのを待つことにしようか。この島で大量殺人でも起こせば、逆に素晴らしい夢が見れるかもしれない。

引きこもりの恋

第一信

厳原《いずはら》　真生《まさお》様

突然にこんなメールを差し上げることをお許し下さい。

あなたのアドレスは、妹の弘子が入浴中に、妹のパソコンを盗み見して調べました。

きっとあなたは驚いておられることでしょう。

あなたを初めてお見かけした、先週の日曜日以来、私の心の中には、あなたの笑顔がやきついて片時も離れないのです。

以前から妹がよく「マサオが、マサオが」と言っているのを聞いてはいたので、いつかお会いする日が来るような気はしていました。ですからあの日、妹があなたを家にお連れした時にも、初めてのような気がしませんでした。

あなたの彫りの深いお顔が、今も眼の中に浮かびます。

あなたと弘子の仲が、ただの友人であるのか、それとももっと親密な仲なのか、私には分かりません。ひょっとすると、私のしていることは、妹に対する裏切りなのかもしれません。

恥をしのんで自分のことをお話しします。

私は実はもう三年も、家から一歩も出ていないのです。

流行りの言葉で言えば、「引きこもり」ということでしょうか。

対外的には「家事手伝い」ということになりますが、うちの家事は基本的にお手伝いさんがしてくれているので、私は日がな一日、マンガを描くか、テレビを見るか、インターネットをするかといったような、時間つぶしをして過ごしています。

こんな私でも、勤めていたこともあるのです。

短大を卒業して二年ほど、文房具の卸問屋で事務的な仕事をしていました。

しかし、もう会社勤めはこりごりです。

その会社の直属の上司は、息の臭い太った中年男でした。

上司はことあるごとに、肩を叩いたり、私の体に触ってきました。

私にはそれが非常に不快でした。

上司はよくこんな言葉で、私を誘いました。

「早乙女君、どうだい今晩、食事に行かないか?」

私はもちろん、そういう気はないので断ると、機嫌が急に悪くなり、

「そういうことでは、この会社でやっていけないぞ」

などと、怒鳴りちらすのです。

一度など、コピーを取っている時に、後ろからお尻を触ってきました。

私が驚いて睨みつけると、

「冗談だよ、冗談、君には冗談も通じないのかね」

お尻を触ることがどうして「冗談」なのか、今でも私は納得がいきません。

そんなこんなで、私はその会社にいるのが嫌になり、二年で辞めてしまったのです。

これは自慢なのですが、短大在学中に一度だけ、少女マンガのコンテストに応募して、佳作に入ったことがあるのです。ですから、両親にも、プロのマンガ家修業を家でするから、ということでまだスネをかじっているのです。

私の家は資産家なので、両親も、私に厳しく外で働けとは言いません。

それがいいことなのか、悪いことなのか、私には分かりません。

弘子と私は、幼い頃、双子のように似ているとよく言われました。二人でいる時は似ているとは思わないのですが。

しかしお分かりの通り、性格はほとんど対照的です。

私と比べると妹は活発で、私が家の近くの小さな短大に進学したのに、妹は学生数の多いマスプロの四大に進み、私が国文学のような古めかしい学科を選んだのに対して妹は国際経営学科なるハイカラな学科に進学し、大学院まで進んでMBAを取ろうとしている。私が同性・異性を問わず友人が少ないのに対して、妹は活発に交遊関係を広げています。私はそんな妹を、頼もしくもあり、また、うらやましくも思っています。


真生さんは、ロースクールに通っていらっしゃり、将来は裁判官を目指していらっしゃるのですね。来年ビジネス・スクールを出る弘子とはベスト・パートナーなのかもしれません。

しかし、私の真生さんに対する気持ちは、妹の真生さんに対する気持ちとは、質が違うもののようにも思います。というか、思いたいです。妹は真生さんを、よい友人と思っているのではないでしょうか。私は真生さんに、一目惚れしてしまったのです。これは、運命の出会いであり、真実の愛だと、私は思っています。

こんな熱いことを一度出会っただけの人間から言われて、あなたは面食らっているかもしれません。許して下さい。

妹は私のことを「清美」と呼び捨てにします。年子であるので、私も許していますが、もしこんな中身のメールを出したことを妹が知ったら、妹は激怒するかもしれません。妹は長幼の序というものを認めず、私と対等だと思っているようなので。

このメールのことは、弘子には、くれぐれも内緒に願います。

早乙女　清美

第二信

厳原　真生　様

今週も遊びに来て下さいましたね。ありがとうございます。

私のことを嫌って、もう来て下さらないかと思っていました。

あなたを見つめる私の視線、感じて下さいましたでしょうか。

両親も含めて五人でしたモノポリー、とても楽しかったです。


ところで、うちの近所の公園で強姦事件が起きたことはご存じですか？

厳原さんが初めてうちに来て下さった日の、深更のことです。

このあたりはいわゆる高級住宅街で、事件らしい事件はこれまで起こったことがなかったので、近所でもその話で持ちきりです。

被害にあったのは高校三年生の女の子です。

塾の帰り、かなり遅い時間に公園に立ち寄った時に、覆面の男に襲われたのだそうです。

弘子に「気をつけなよ」と言ったのですが、弘子は「大丈夫よ。マサオもついてるし」と笑っていました。
しかし厳原さんにしても、別に毎日妹と一緒にいるわけではないでしょうから、私はやっぱり心配です。

早乙女　清美

第三信

厳原　真牛様

この間買ってきて下さったケーキ、大変おいしかったです。
私も学生だったころは、よくケーキを食べに行きました。一人でですが（笑）。
あ、妹と食べに行ったこともありました。
厳原さんは裁判官志望でいらっしゃいましたよね。
事件に興味がおありですか。

実は厳原さんが来てくださった日、また強姦事件が起きたのです。

今度の被害者は二十代の主婦で、やはりたまたま帰りが遅くなった所を、街路で襲われました。

うちの近所は深更ともなると、ほとんど人通りがなくなるのです。

運が悪かったということなのでしょう。

それ以外は、前回の事件との共通点は、ほとんどありません。

共通していたのは、どちらの女性もやせて力が弱かった、ということぐらいでしょうか。

強姦魔も、激しく抵抗しそうな力の強い女性は敬遠するということなのでしょう。

本当に卑怯な奴らです。


私も早く引きこもりから脱出して、真生さんと二人きりでデートがしたいです。

こんな臆病な私をお笑いになりますか。

早乙女　清美

第四信

巌原　真生様

昨日のコントラクト・ブリッジ、楽しかったですね。

私も父も、ブリッジには自信があった方ですが、あなたと弘子のペアに、すっかりやられてしまいました。

今度は私と組んで下さいね。

父と弘子をギャフンと言わせましょう。るるるん。


昨日もまた強姦事件が起きました。

今度の被害者は、警察にも言わずに、泣き寝入りしています。

事件が起こるのは、いつも巌原さんが家に来た時ですね。

不思議な暗合です。

もしも犯人を見かけたら、女性の敵として、あなたが逮捕して下さい。

いや、やっぱりダメです。

厳原さんを、そんな怖い目に合わせることはできません。

相手はひょっとして、刃物を持っているかもしれませんから。

刃物を持った相手から逃げたとしても、私は決してあなたを臆病者だなんて思いませんから、
自分の体を大切にしてくださいね。

私も毎日ドキドキしながら暮らしています。

早乙女　清美

第五信

厳原　真生様

強姦事件の容疑者が捕まったそうです。

近所に下宿している学生です。

うちの父は地元の名士（？）として、地区の警察とも関係を持っているので、夕食の時にこっそりと教えてくれました。

第六信

厳原　真生様

これも父からの情報ですが、この間逮捕された容疑者の学生は、アリバイが成立したとかで、釈放されました。

事件は振り出しに戻ってしまいました。

私のドキドキは当分おさまりそうにありません。

早乙女　清美

第七信

厳原　真生　様

早乙女　清美

「私は真相を知っています」とは、どういう意味でしょうか？

連続強姦魔の正体のことですか？

早乙女　清美

第八信

厳原　真生　様

メール拝見しました。

あなたは全てお見通しなのですね。

仕方がありません。全てお話しします。

確かに「泣き寝入りしています」という書き方は、自分が犯人です、と言っているようなものですね。じゃあ、その情報をどこから得たのか、ということになりますから。

いずれこのような日が来るのではないかと思っていました。いや、この日をひょっとしたら望んでいたのかもしれません。だからこそ、わざとわかってしまうような表現をしてしまったのかもしれません。

厳原さんのおっしゃる通りです。三人の女性を強姦したのは私、早乙女清美に間違いございません。

しかし、私に言わせれば、本当の真犯人はあなたなのです。

あなたに恋をしたことが、私を狂わせ、あのような事件を引き起こすことになったのですから。あなたが初めて妹の友人としてわが家にいらっしゃった時から、私はあなたに激しい恋心を抱きました。それはこれまでのお手紙で何度も書いた通りです。

私はそれまで、ほとんど性欲というものを感じたことがありませんでした。

特にたまたま短大に進学することになり（私の尊敬する、源氏物語を専攻する国文学者が、旧帝大を退官されて奉職されていたのです）、周囲がほとんど女性ばかりだったということもあり、女性にある意味で幻滅した、ということもあります。男に媚を売り、男から金を絞り取ることしか考えていない女性を、私は身近でいやというほど見てきました。短大ばかりでなく、会社でもそうでした。

あなたのような、凛《りん》とした、颯爽《さっそう》たる女性が存在していることを、私は初めて知ったのです。私の周りにいたのは、合コンをしては男の気を引こうとするような、表裏が激しく打算的で腹黒い女性ばかりだったのです。


あなたが帰ってしまった後、私はあなた恋しさに気が狂いそうになるのです。

いや実際に、気が狂ってしまったに違いありません。

初めて事件を起こした日の晩、私は三年ぶりに家の外に出ました。

私の部屋の窓からは、玄関を通らず、誰にも気づかれずに外に出ることができるのです。

それまでの人生になかった興奮の昂りを感じたのです。

私は覆面をして、女子高生を暴行しました。

しかし乱暴狼藉《ろうぜき》を働きながら、私の頭の中にあったのは、あなたのことだけでした。

あなたを抱いていると空想している時にのみ、私は「男」でいることができたように思います。

実は今でも、あなたと結婚して、幸せに暮らしたいという気持ちはあります。

でもあなたは、私を許してはくれないでしょうね。

私はもう、あらいざらい自白しました。私のことを警察に突き出すなり、検察に告発するなり、真生さんの自由にお任せします。

もし真生さんが死ねとおっしゃるのであれば、私は死にます。

厳原さんは裁判官におなりになるのでしょう。

最後のお願いです。

私を裁いて下さい。
私の運命を、裁いて下さい。
愛しています。

早乙女　清美

百人の殺し屋

殺人を業として行う者、いわゆる「殺し屋」については、犯罪小説や怪奇小説、推理小説などにしばしば登場するにもかかわらず、その実態はほとんど知られてこなかった。むしろその実在すら、疑われていたといってよい。しかし、警察や犯罪研究家たちの証言によれば、プロの殺しの手口というものは厳然とあり、したがって殺し屋は確実にこの社会のどこかに存在しているということになる。したがって、職業集団としての「殺し屋」が一体どのような社会階層に属し、どのような意識を持っているのかを調査することは、学問上も意味があるだろう。

われわれはこのような問題意識により、殺し屋にアンケート調査を試みた。調査方法としては、面接法、留置《とめおき》法、郵送法、さらにはインターネットサイトによる調査も利用した。様々なつてを辿《たど》って、「殺し屋」に接近したため、「無作為抽出」ではなく、調査法も種々の手段を取らねばならなかったことは、この調査の限界であるが、対象が特殊である以上、様々な手段を用いてアクセスを試みるより他はなかったのである。

調査対象をちょうど百人で打ち切ったため、パーセント表示は省略した。

調査期間　一九九×年三月から五月
調査対象　殺人を業として行う者（殺し屋）
回答者　百名
調査地域　全国

問1　性別
　男性　八十一人　女性　十八人　無回答　一人
性別については、男性が八割を占めているが、女性も二割近い。無回答が一人いた。

問2　年齢
　十歳～十九歳　五人
　二十歳～二十九歳　二十二人
　三十歳～三十九歳　二十人
　四十歳～四十九歳　二十四人
　五十歳～五十九歳　十四人

六十歳〜六十九歳	九人
七十歳以上	一人
無回答	五人

四十代が最も多く、二十代、三十代がそれに次ぐ。七十歳以上という回答もあった。

問3　専業、兼業の別

専業	七人
第一種兼業殺し屋	十五人
第二種兼業殺し屋	六十人
その他、無回答	十八人

専業、兼業の別を尋ねたところ、専業の殺し屋は百人中七人と、非常に少なかった。この七人のうち、暴力団等の組織に属している人が五人で、一匹狼はわずか二人であった。兼業殺し屋のうち、殺しによる収入の方が多い第一種兼業も十五人と少なく、大半は他の職業の収入が多い第二種兼業であった。

問4　兼業殺し屋の職業

自営業　十二人
会社員　十一人
暴力団構成員　十人
医師　五人
宗教関係者　四人
公務員　三人
主婦　二人
学生　二人
探偵　二人
教師、高校生、風俗嬢、俳優、レーサー、野球選手、地方議員、板前、農業、警察官、犬の訓練士　各一人
無回答　十六人

無回答が最も多かったが、自営業、会社員、暴力団構成員がベスト3で、他は様々な職業に

分散している。医師も多い。各種の医療設備や薬物を利用できる上、死亡診断書も自ら書けるため、兼業のメリットは大きいのだろう。公務員が三人、教師が一人いるが、兼業禁止規定に引っ掛からないのか、他人事ながら心配となる。主婦、学生、探偵が二人ずつ。俳優や野球選手もいたが、いずれも無名人である。

問5　年収

一〇〇〇万以上	十人
八〇〇〜一〇〇〇万	十四人
六〇〇〜八〇〇万	十三人
四〇〇〜六〇〇万	十六人
四〇〇万円未満	六人
無回答	四十一人

収入については無回答が多かった。税務署に申告漏れを指摘されることを恐れているのかもしれない。また、収入全体で訊ねているため、この中で殺人による収入がどのくらいなのかは分からない。

問6　殺し屋を始めた動機

小さい頃から興味があった　八人
何となく　六人
カッコイイから　五人
スリルがたまらない　五人
人に頼まれた　三人
お金が欲しかった　三人
家業だったから　二人
組織でそういう役目になった　二人
器用だから　二人
ピストルを拾った　一人
人を誤って殺してしまい、どうせ殺したのだから何人殺すのも一緒だと思った　一人
先輩に誘われた　一人
働く時間がわりかし自由　一人

死刑になってみたい　一人
やり甲斐がある　一人
包丁さばきが得意　一人
死体を愛好している　一人
他にできることがない　一人
無回答　五十五人

「小さい頃から興味があった」という回答が最も多いが、「何となく」も六人いる。特殊な回答として、死刑になってみたい、死体を愛好している、ピストルを拾った、などいうのもある。

問7　仕事で一番心がけていること

確実に仕事をする　二十八人
現場に証拠を残さない　二十二人
自分が殺されないようにする　二十人
依頼人の身元を確かめる　十一人
死体の完全な始末　五人

料金を確実に受け取る　三人
必要経費の領収書の保全　一人
死者の供養、墓参　一人
服が汚れないようにする　一人
無回答　八人

確実な仕事、証拠を残さない、自分が殺されないがベスト3。「死体の完全な始末」という回答の一つには、欄外に、「完全に始末し過ぎて事件が発覚しないと物足りなく思う時もあります」とあった。

問8　仕事に使う道具（複数回答）

拳銃類　六十一人
刃物　二十六人
ロープ、ひも　十二人
毒薬　九人
水　六人

爆弾　四人
鈍器　三人
針　二人
弓　一人
コンピュータ　一人
無言電話　一人
道具は使わない（素手）　一人
無回答　二十八人

遠隔から殺せる拳銃類が圧倒的に多い。他は刃物や爆弾などだが、情報化を反映してか、中にはコンピュータや電話という答えもあった。しかし、無言電話で確実に人が殺せるのだろうか。この回答者に尋ねてみたい気もする。

問9　これまでに殺した人数

百人以上　二人
五十人から九十九人　三人

二十人から四十九人　二十二人
十人から十九人　三十人
一人から九人　十七人
〇人　三人
覚えていない　五人
無回答　十八人

百人以上というのは少なく、回答者は二人だけで、十人台が最も多い。中には、まだ殺していない人もいる。これは、開業したが仕事が来ないのか、それとも仕事をしたのだが失敗したのか、いずれかであろう。

問10　仕事に関する一番の悩み

仕事を人に言えない　二十五人
死刑になるかもしれない　十四人
危険が伴う　十人
標的がいい人だと気が向かない　五人

腕が上がらない　四人
期日が迫ると焦る　三人
後継者がいない　二人
小説のようにカッコよくない　一人
洗っても血の臭いがぬけない　一人
特に悩みはない　十人
無回答　二十五人

仕事を人に言えないという回答が最も多く、続いて死刑への恐れ、危険などがそれに続く。特に悩みはないという回答も一割あったが、およそどのような仕事でも悩みを伴うことを考えると、見栄かもしれない。無回答も多かった。

問11　好きな言葉

弱肉強食　八人
金　四人
愛　三人

天命を知る　二人
鉄は熱いうちに打て　二人
狼は生きろ、豚は死ね　二人
一石二鳥　二人
不惑、犬も歩けば棒に当たる、せいては事を仕損じる、虎穴に入らずんば虎児を得ず、ポア、命短し恋せよ乙女、優勝劣敗、寂しいのはお前だけじゃない、鉄砲玉、北海道、大藪春彦、コミュニケーション的行為、花より団子、やられたらやりかえせ、選択の自由、悲しみよこんにちは、最後の審判、ろくでなし、用意周到、百発百中　各一人
無回答　五十七人

圧倒的に「弱肉強食」が人気なのは、自分の職業の正当化だろうか。「金」が「愛」を上回っているのも示唆的である。ハーバーマスの「コミュニケーション的行為」を挙げた者が一人いたことは意外な結果だった。

問12　歴史上の人物で殺してみたかった人

織田信長　十二人
シーザー　五人
明智光秀　四人
徳川家康　四人
卑弥呼　三人
伊藤博文　三人
ヒトラー　三人
ナポレオン　二人
ブルータス、玄宗皇帝、藤原道長、足利尊氏、西郷隆盛、始皇帝、ピカソ
各一人
無回答　五十七人

歴史を変えた偉人が多く挙げられている。織田信長は最強の戦国武将というイメージだが、そのような強者を殺してみたいとの願望があるのだろうか。シーザーは「ブルータス、お前もか」という言葉を遺したことで知られているが、そのように自分の名を残したかったということかもしれない（ブルータスの名を挙げた者も一名いる）。ピカソという回答には欄外に、「あ

いつの絵はむかつく。何であんな絵に高い値段がつくのか？　あいつの絵のようにあいつの顔と体をグチャグチャにしてやりたい」とのコメントがついていた。キュビスム以降の絵についてのコメントと思われる。

以上、殺し屋を職業とする人々の実態が、不完全ながらも描き出せたように思う。ただ残念なことに、調査の過程で、調査員が七名、行方不明となっている。本稿は、命の危険を顧みずに調査を行ってくれた調査員の方々に捧げられる。

百物語断片

誘蛾灯　【百物語　壱】

痩せた神経質そうな男が話し始めた。

今住んでいるこのマンションを買ったのは、ええ、バブルの後です。値段がちょっと下がったんで、今にして思えば、ほら、スーパーでも、正札が書いてあって、それに大きく赤でバツがつけられていてその横に割引した値段が書いてあると、ついつい安く見えちゃうでしょう。だから、こりゃ得だ、と思ってしまったんですねえ。一割も下がってなかったのに。そう、その後不動産市場は暴落して、今じゃ買値の半額以下です。

実はねえ、建設中からなぜか魅力的に思えたんです。工事している間も、通勤の電車から建設現場が見えましてね。特に帰りが遅くなった時など、何とも言えない光を放っているようで、一日ごとに完成に近づくのが楽しみでした。結婚を控えて新居を探している最中でしたから。

調べてみると、ちょっと価格が下がって、私の収入でもぎりぎりローンを組めそうだと。妻は、「いいマンションね、なんかちょっと怖いけど」なんて言ってましたっけ。

契約を済ませ、マンションはほぼ予定通りに完成しました。引っ越してから三ヵ月くらい経った頃のこと、気になることがありました。会社から帰ってみると、私が住んでいる八階の廊下に、大きな蛾が一匹、死んでいたのです。気持ち悪いなあと思いつつ、しゃがんで近くをよく見ると、それまでどうして気がつかなかったのか、蛾だけじゃなくて、小さなハエとか、蚊とか、そういったたぐいの虫が、ずいぶんとたくさん死んでます。マンションの廊下というと、風が通る外の廊下を想像されるでしょうが、このマンションは中空で、中空といっても天井はガラスで塞がれているのですが、ロの字型の内側に廊下があって、各戸がその外側に並んでいる構造になっている。したがって、階下の入口かどこかから迷いこんできた虫たちは、上がっていくと逃げ場がないのです。

虫の死骸があふれているのは嫌なので、その晩は妻と二人、廊下を掃除して回りました。近隣の人たちもうちと同じ共働きのサラリーマンが多いのか、それとも単に気付いてないのか、廊下はどこも掃除した跡はなく、虫の死骸であふれてました。

そんなことがあってから、定期的に掃除をすることにしましたが、そのたびごとに、死んでいる虫の数が増えていくことに驚くばかりでした。そのうち、隣近所の家庭も気づき始めたようで、日曜日など、いくつもの世帯が、廊下を掃いている姿を見かけることもありました。

昔好きだった久生十蘭の小説に、妻を殺した男の部屋の、天井や壁にびっしりと虫がつくというものがあり、それを思い出して身震いしたものです。どこかに死体でも埋まっているのか？　一度など、眠れない日に廊下でぼんやりと煙草を吸っていると、飛んできた蛾が、見る見るうちにふらふらと弱って、ぽとりと落ちたことさえありました。でも、人間は慣れるもので、仕事も忙しいし、それから特には何も。

でも、先日、やっぱり気になって、管理会社に電話して尋ねてみました。

「どうも虫がたくさん死んでるんですが」

「大丈夫です。説明しました通り、うちのマンションの防虫加工は完璧です」

「防虫加工ですか？」

「ええ」

「というと？」

「殺虫剤が仕込んであるんです」

「殺虫剤ですか。人間に害はないでしょうね」

「ありません。絶対に、ありません。厚生省も害がないことを認めた薬ですから、絶対大丈夫です」

やけに力説するところが怪しいと言えば怪しいのです。それに厚生省は、これまでさんざん薬害を放置してきた役所。実験結果などメーカーはいくらでも捏造《ねつぞう》できるし、ほんとに杜撰《ずさん》なことがなされていることは、私も仄聞《そくぶん》している。しかし残念ながら、問題がありそうだと思っても、調べる時間もエネルギーも私にはありません。気持ち悪いから出ていくという方法もあるのですが、さっきも言った通り、値段が大きく下がって、もはや買値の半分以下ですから、売るに売れないし買い換えもできない。当分ここに住み続けるより他にないのです。

十年近くも住んでいて急に管理会社に電話した理由ですか？

実は、妻が臨月なんです。そろそろ妻も、子供を生めるリミットが近づいてきたので、妻は仕事を止め、避妊も止めたところ、すぐに妊娠しました（笑）。今、妻は実家に戻っています。その時に気付いたのが、妻の血色のよさです。マンションにいる時と比べて、とても元気に見えるのです。有害物質が出てるんじゃないかとつい考えたくなるじゃないですか。

予定通りなら来月、赤ちゃんを連れて妻はマンションに戻ります。できれば子供は、有害物質が出てる所で育てたくはないんですよ。でもね、ローンもあってもう引っ越しもできない、調べても分からない、まったくどうしたらいいんでしょうね。

妻は、「考え過ぎじゃないの？」と笑ってます。でも、マンションで長い時間を過ごすのはむしろ妻と子供の方です。このことを考えると、殺虫剤の実験箱の中で暮らしているようで、考え過ぎならいいんですが、不安で胸がつぶれそうになるんですよ。どうしたらいいんでしょうね。本当にどうしたらいいのかなあ？

彼が話し終えると、ろうそくの炎に向かって、一匹の弱った蛾がフラフラと近づいてきた。炎の中へ入った瞬間、ヘドロのような何とも言えない嫌な色の炎色反応を起こし、そのまま炎が消えた。

四畳半では広すぎる　【百物語　弐】

顎の張った四角い顔をした、中年の男が話し始めた。

それでも高級マンションはいいですな。あ、私は不動産の営業所の、雇われ店長をしております。名前を言えば大体だれでも聞いたことはある、あのチェーン店です。

平日の昼間はお客さんも少ないので、私は仕事をするフリをして、おいしいお店をネットで探していました。もっとも言い訳をすれば、仕事に関係ないわけではない。グルメ情報も不動産販売のセールストークの一環です。近所においしいお店があることは土地の魅力の一つですからね。奥さん連中だけではなく、最近では男の人でも美食家が多いですよ。

夕方になって営業時間の終わりが近づき、店を閉める準備を始めようとしていたところ、ポッチャリ型で眼鏡をかけた客が、店のガラス戸に貼られた物件を熱心に見ていることに気がつきました。歳は二十代後半か、三十くらいか。美人ではないが、私の好みと言えなくもない。営業スマイルを作って、女を熱心に店の中に誘い込みました。

「どうぞ、どうぞ、中へどうぞ」

「あ、失礼します」

「賃貸物件をお探しですか？」

「はい」

「どのような物件をご希望ですか？」

「狭い部屋がいいんです」

「四畳半とか」

「四畳半では広すぎます」

「三畳？」

「もっと狭い方が」

お客さんに失礼とは思いましたが、私は女の顔をマジマジと見つめました。人間はふつう、なるべく広い部屋を求めるもの。「立って半畳寝て一畳」という言葉もありますが、お金がある人はそれでは満足できず、豪邸に住みたがるものです。

わざわざ狭い部屋に住みたいというのは、何か理由があるはず。私は好奇心に駆られて理由を聞きだそうとしました。

「どうして狭い部屋がいいんですか？」

「何となく」

「冷暖房の効きがいいから？」

「いえ、そんなことでは」

「まさか、自分で暮らすのではなくて、何か危ないものを始末しようとしているんじゃないでしょうね？」

死体とか、と言いかけて、さすがにそれは思いとどまりました。

「そういうことではないです。自分で住みます。広い部屋が怖いんです」

「怖い？　どうして」

「出るんです」

「何が？」

「分かりません。広いと出てくるんです」

「はあ。もっと狭いといったら、台所もトイレもない、ただの貸し間になりますよ」

「台所もトイレも要りません」

「じゃあ人の家の押入れとか？」

「ああ、いいですね」

「うちの押入れにしますか？」

「いいんですか」

「いいですよ」

私は前年に妻に逃げられて一人暮らしだったので、変な女だけどこんな女でも一緒に暮らしてみようかとふと思ったのです。

営業時間はもう終わりでしたので、女はそのまま私の部屋に来たのですが、荷物もその時持っていたバッグ一つだけ、あまりの身軽さに驚きました。そして押入れにすっと入っていった。何をしているのかはわかりません。何を食べているのか、食事もいかないし、トイレに行っている様子もない。私には、この女を後妻にしたらどうかという下心もあったのですが、微笑んではくれるものの、抱きしめようとすると、

「あなたの体が汚れるからやめてください」

と言われて、萎えてしまいました。名前を聞いても「もう忘れたの」、それまで住んでいたところを聞いても「もう忘れたの」、思わず「迷子の迷子の子猫ちゃんか」と突っ込みたくなるような会話を、押入れの中と外でしていました。

しかし一ヵ月ほど経ったある日、仕事から帰ってくると、「ここでは広すぎます。もっと狭い部屋を探します」という書き置きを残して、女は消えていました。押入れにはたくさんの顔を描いた赤黒い壁画と、女の香りだけが残っていた。壁画というのはどれも、怒っているような、悲しんでいるような、恐ろしい顔ばかり。いったい何で描いていたのか、さすがに血ではないでしょうが、いくらこすっても消えないんです。私も不動産屋のはしくれなのに、自分の部屋の価値を毀損してしまいましたよ。意地になって、強力な洗剤を買ってきて、こすっても磨いても消えない。ロウソクの炎なら簡単に消えるのにね。

男はロウソクにふっと息をかけた。炎はすぐに消えたが、煙の中に上下にむりやり引きのばされた女の顔のようなものが、すぅと浮かびあがり、そのまま消えずにいつまでも残っていた。

整形外科にて　【百物語　参】

顎がとがって眼鏡をかけた、初老の銀髪の男が話し始めた。

押入れいっぱいに書かれていた顔、見てみたいです。私は都内で、医者ひとり看護婦ひとりの、小さな美容整形外科を経営しています。まあ人の顔や体をいじってお金をもらう仕事です。なるべくお客様のご要望に合わせて顔を作り替えます。

怖い顔もあれば美しい顔もある。好きな顔もあれば嫌いな顔もある。だから、人から見たら美しい顔でも、自分では嫌いということもあるのでしょう。

十代の少女が診察室に入ってきました。ややや せ過ぎで、ちょっと目つきがキツいと言えなくもないですが、間違いなく美少女という範疇《はんちゅう》に入るだろうと思いました。

「お嬢さん、どうしました？　何か自分の顔に不満でも？」

もちろん商売のためには手術をした方がよいのですが、仏心というのか、この美少女の顔にメスを入れるのはためらわれました。

「私、自分の顔が嫌いなんです」

「そんなにキレイなのに？」

「だんだん母に似てくるんです。十年前、父を捨てた母に」。少女はため息をつきました。「鏡を見ると嫌いな母がいるんです」

「お母さんに似てくるか。そりゃまあ親子だからなあ。遺伝子がね、半分共通しているんですよ」

「とにかくイヤなんです。全然違う顔にしてください」

「困ったな。僕は君の顔が好きですよ」

「先生の好みは聞いてません」

「あなた、馬子さんて言うの」

「はい」

「ずいぶんとひどい名前ですね。むしろ名前を変えたらどうですか？　顔ではなくて」

「名前は気にいっています。ほっといてください」

ずいぶんと怒らせてしまったので、私は彼女に、「ちょっとお父さんを呼んできて」と言いました。少女は出て行き、代わっておそらく四十代の男性が入ってきました。

「お父さんですか」

「はい」

「お嬢さんが整形したいと言ってますが。お母さんの顔が嫌いなんですって？」

「そうそう、そう言うんですがね、実はあれと母親とは全然似てないんですよ。母親の方はむしろ柔和な顔立ちをしていた」

「そうなんですか？」

「そうなんです。もちろん写真も見せて、似てないだろと言うんですが、いや似てる、似てくるの一点張りで困ってます」

「ほう。心の病気かな」


「娘と、父親で、全然言ってることが違うな、君はどっちが正しいと思うね？」

私は、長らくの不倫相手である看護婦に言いました、妻子とは別居しているので、事実上は妻と言ってもいいくらいですが。

「わかりません、わかりませんけど、あの二人は親子じゃありませんよ」

「えっ？　なんで？」

「だって、病院に入る前、ディープキスをしてましたから」

「親子でディープキスをする家だってあるだろう」

「ありますか？」

「あるかもしれないだろう。あ、ひょっとしたら、娘はそれが嫌で、顔を変えようとしているのかもしれない。私が逃げた母親に似ているから、父は親子なのに抱こうとしてくる。だから顔を変えて、諦めさせよう。そういうことかも」

「その解釈にはムリがありませんか？」

「もし、あの二人が親子でないとしたら、何でつまらないウソをついて整形外科に来るんだね？」

「先生をからかうためじゃないですか？」

「わざわざ？」

「うちの病院は患者が少ないから、恋人同士で来て、後で笑ってるんでしょうよ」

「その解釈こそムリがあるだろうよ。じゃああれか、君と私とで別の暇そうな整形外科に行って、ディープキスをしてから診察を受けてからかおうと思うか？」

「あらおもしろそう」

「おいおい。君の年齢だと親子じゃ通用しないぞ」

「もちろん別ネタで」

その時は笑い話で済んだのですが、それから数日後、蘇我馬子が殺されたというニュースでアッと思った。蘇我馬子というのは、美少女の名前です。歴史上の人物と同名なので、一時期話題になりました。自宅マンションでめった刺し。父親は行方不明です。犯人は捕まっていません。父親が犯人という説がまことしやかに流れましたが、もちろん父親もどこかで殺されているのかもしれない。看護婦は「きっと天智天皇か藤原氏がやったのよ」と笑っていますが、ひょっとしたら私の心が動いているのを感じて、彼女が嫉妬して殺したという可能性だってないわけじゃあない。ところで彼女には以前の結婚で娘がいるはずですが、その娘と会っている様子もない。まさかとは思いますが……そんな女と今日も、診察室で一緒に仕事をしてきたんですがね。

男はロウソクの炎を吹き消した。

リストラ【百物語　肆】

それまでどこにいたのか、色の青白い、疲れた顔の男がスッと入ってくると、震える声で話し始めた。

「私が就職したのはバブルの時期です。成績は並でしたが、大手企業から引く手あまた。銀行、保険、証券、商社、希望すればどこへでも行けました。私は生涯賃金を計算して、今の都市銀行に入社したのです。

しかし、バブルははじけました。私の銀行も、多額の不良債券を抱えることになりました。でもね、儲《もう》かってないわけでもないんですよ。貸し出し金利は預金金利と比べてかなり高いですから。それでも、経営側は、何かと理由をつけて、バブル入社のわれわれにつらく当たるんです。

思い過ごし？　そんなことありません。支店長なんか、私を名指しでやれ怠けるのやる気がないのと責めたてます。

支店長を殺そうとまで思いつめたこともあります。ピストルでズドン。ワイシャツが赤い血で染まってゆく。ナイフでグサリ。一番おもしろいのが、支店長が数える札束に毒を塗っておく、というものです。指を嘗《な》めながら数える癖がありますから。でもね、銀行という所は、人材にいくらでも代わりがいるんです。もしも首尾よく殺せて、自分だとバレなかったとしても、すぐ同じような支店長がやってくるだけ。何も変わりません。そう思うと、真剣に想像することさえバカらしくなりました。それに、確かにわれわれより数年後に入社した連中の方が、平均的に見て優秀なのは認めざるを得ません。だいたい入社の時の倍率が違う。

でもね、私だって朝から晩まで働いているんですよ。週末は仕事を持ち帰ってやってます。今日だって明日までに仕上げなくてはならない書類があるんです。ところが、悪いことは重なるもので、いきなりの停電です。うちには懐中電灯もありません。

途方に暮れていると、マンションの窓の向こうに、ろうそくの炎がいっぱいに映って見えました。

その炎を頼りにやってきてみると、ここにたどりついた訳です。

すみません、ろうそく一本貸して下さい」

「君、ここは百物語の会場です。怖い話をして、そのろうそくを消してゆくのがルールです」

「私にとっては、リストラは充分怖い話なんですが。明日までに書類を作ってしまわなくては何をされるか分からない。消してしまったら、書類の続きが書けない。怖い話で盛り上がっているあなた方のような暇人とは違うんです。どうしても消せというのなら」

「なら?」

「もう一本下さい。そっちを消しますから」

男はどこからか缶を取り出すと口に含み、思い切り吹いた。中身は飲料でなく油だった。天井まで炎が上がる。

「あ、いけない」

男が手に持っていた書類にまで、火がうつった。男はあわてて、書類を扇いだ。

ロウソクの火が消えた。

兇の風景

1　大兇のクジ一枚

「マユミったら、遅いね」

「遅くなるってメールが来てから、もう十分以上も経ってるよ」

初詣の人で賑わう神社の境内に、待ち合わせ時刻の通りに来たレイコとカオリは、もう一人の友人であるマユミを、待ちくたびれているのだった。レイコは痩躯を黒のコートに包み、カオリはベージュのオーバーに貂《てん》の毛皮を巻いている。

さらに数分経ったのち、マユミが濃紅のコートで現れた。待たせているのに、特段急いでいる風《ふう》もない。二人を見つけると、おっとりとした足取りで寄ってきた。

「ゴメンね。出がけに彼氏とケンカしちゃってさ」

「しょうがないなあ」レイコが呆れ顔で答える。

「ケンカったって、痴話ゲンカでしょ？　私も彼氏が欲しいよ」

「同棲してるといろいろとアラが見えるの。レイコはね、望みが高いからいけないのよ。来た獲物にがっつり食いつく感じでいけば、彼氏なんかすぐできるわ」

「マユミは肉食系だからな。お腹にお肉もたっぷりついてるし」

「コラっ」

「そろそろ行こうよ」

カオリが先に立って歩き出した。

三人は高校の同級生で、今はそれぞれ別の会社でOLをしているが、ここ数年来、初詣はいつも一緒に行く習慣なのである。

© 吉野 忍

三人並んで鰐口《わにぐち》を鳴らし、柏手を打った。

「じゃあ、おみくじを買いにいこうよ」

おみくじを買うのも、毎年の恒例になっている。

「やだ、あたし、凶だわ」

レイコが二人に、引いたばかりの籤《くじ》を見せた。「縁談期待するな、まず自らを修めよ、だってさ」

「凶ならまだいいわ。あたしは大凶よ」とカオリ。「雌《し》伏《ふく》の時、じっと時を待てだとさ」

「大凶ならまだいいわよ」マユミがぼそりと言う。

「大凶より悪いのがあるの？」レイコが訊く。

「あたしは大兇よ」マユミが二人に籤を見せる。

「いやだ、こんなの初めてみたわ」カオリが目を丸くした。

「凶に脚が生えたのが兇なのよ。襲ってくるの。怖いわ」

「悪事必ず露見す、か。悪いことをしなければ大丈夫じゃないの？」

「大丈夫じゃないの。出がけに彼とケンカして、刺してきちゃったんだ。その後始末に時間がかかったの。ああ、こんなこと言うつもりじゃなかったのに」

レイコとカオリはふと、マユミの濃紅のコートから、ほのかに血の臭いがたちのぼってくるのを感じた。

2　初めての兇同作業

都心にある高級ホテルの広間の一室で、華やかな結婚披露宴が行われていた。新郎新婦は神妙な面持ちで金屏風の前に座り、およそ百名の来場者が各テーブルに分かれて着席していた。

胸にピンクの薔薇の造花をつけた若い女性の司会者が、横のマイクスタンドに立ち、涼し気な声を上げていた。

「本日は、御足下の悪い中、新郎・鈴木勝郎さま、新婦・佐藤雛子さまの結婚式に足をお運びいただきまして、まことにありがとうございます。ワタクシは、僭越《せんえつ》ながら本日の結婚式の司会を務めさせていただきます、当式場所属の三島と申します。短い間ではございますがよろしくお願いいいたします」

司会者はいったんそこで言葉を切ると、手元にアンチョコを取りだした。

「新郎の鈴木さまは、関東医大を優秀な成績で御卒業後、現在は皮膚科の専門医として、殉生会記念病院にお勤めです。周りの同僚からの信頼も大変厚いと伺っております。新婦の雛子さまは叡智短大を優秀な成績で御卒業後、さくら航空に客室乗務員として勤務されています。御医者さまとスッチーという、うらやましいカップルです。ということなので、御客様も医者とスッチーだらけ。まるで合コン状態です」

客席から笑いが起きる。

「御客様の中で、御医者さまはいらっしゃいませんかー。御医者さま、手を挙げてくださーい」

新郎側友人から、多くの手が上がった。

「おお、すごい。ちょっと遊んでみたくなりました。御客様の中で、独身のお医者さま、手を挙げてくださーい」

二十人くらいの手が上がる。

「新婦の友人側からの視線がすごいですよ（笑）。それでは、独身の御医者さまの中で、国立大学出身の方」

半分くらいが手を下ろしたが、まだ十人くらい残っている。

「おお、優秀な人が残っているのかな。それではそれでは、独身で、国立大学出身で、御父様も御医者さまという方、手を挙げてください」

数人、手を下ろした。

「サラブレッドが残りました。それではその中で、オレは十人以上、女性を抱いている、と言う方」

一人手を下ろしたが、まだ五本の手が上がっている。

「さすが、サラブレッドで優秀で、プレイボーイが残っています。じゃあ、二十人以上という方」

一人手を下ろしたが、まだ四本の手が上がっている。

「すごいですねえ。じゃあ、五十人以上という方」

三本の手がすっと下ろされたが、まだ一本の手が上がっている。場内からは笑い声が各所で上がっている。

「今手を挙げているかた、どうぞこちらにいらしてください。どうぞ」

拍手に包まれながら、男は司会者のそばまでやってきた。


「おめでとうございます」

「えっ」

「あなた、今日の主役ですよ。新郎新婦から、主役の座を奪ってしまいました」

新郎友人側から、「このプレイボーイ」などといった歓声が上がる。


「自己紹介をお願いします」

「殉生会病院麻酔科の常田健一です。新郎の同僚です」

「やっぱりそうだったのですね、私に見憶えはありませんか」

「どこかでお会いしましたか」

「会ったことはありませんが、見憶えは？」

「えっ？」

「私の姉はあなたに捨てられて自殺しました。あなたの名前を会場で見て、待ち構えていましたの。

プレゼントがあります」

司会者はマイクを置き、胸元から静かに刺身包丁を取り出すと、あわてて逃げようとした男の腹ににやにわに突き刺した。

「死んでもらおうとは思いません。この会場にはお医者さまがたくさんですから、命は助けてもらえるでしょう。ただ、痛い思いをして欲しいと思いましたの」

司会者は、包丁を腹から抜いた。鮮血がほとばしり、壇や屛風にかかる。司会者は包丁を落とすと、マイクを握った。

「御客様の中に、弁護士さまはいらっしゃいませんか、私を助けて下さる、弁護士さまはいらっしゃいませんかー」

「いらっしゃいませんか。御姉ちゃん、見てる？　これ、御姉ちゃんとの、初めての兇同作業だよ」

茫然としていたホテルの従業員が我に返り、彼女を取り押さえた。刺された男の周りに医者たちが集まる。

3　兇弟姉妹

「お兄ちゃん遅いね」

戦後の経済成長から取り残されたような、ボロのトタンでできた家。三年前に両親を亡くしてから、兄弟姉妹四人で暮らしていた。近しい親族はない。兄は十七歳だが高校に行っていない。姉は中学三年生、妹は中学一年生、弟は小学四年生である。


「お兄ちゃん遅いね」

「お腹すいたよ」

「お兄ちゃんまだかな」

「お兄ちゃん、捕まったら死刑になるかな」

「まだ未成年だから死刑にはならないよ」

「でも、もういっぱい殺してるんでしょ？」

「いっぱい殺してる」

「お兄ちゃんって、頭おかしいのかな」

「頭おかしいのかもしれないよ」

「だって、いくら僕たちが食べるものがないからって、人を殺してこなくても、普通のアルバイトはできないのかな？」

「できないんじゃない。だから、こうやって」


その時、トタン板のドアが開いた。

「おお、元気にしてたか、食いもの取ってきたぞ」


潜血の滴る大量の肉を入れたビニール袋を、兄はちゃぶ台の上に投げ出した。

この時、兄はまだ知るよしもなかった。上の妹が後に同棲中の彼氏を刺し、その後振られて自殺をし、下の妹が結婚式場の司会者になって、姉の復讐を遂げることを。

兄と弟も、中年になってから、奇病を発症して亡くなった。

?

亀岡律子（主婦、四十歳）は、いつものように午後三時からの「ワイドショー」を、ソファーの上に寝そべって視聴し終わると、買い物に出掛けようとした。家ではだらしない律子も、外では意外に見栄っ張りで、近所を出歩くのでも身だしなみを充分に整えてからでないと気が済まない。というわけで、買い物に出掛けるのは番組が終わってからほぼ四十分後、つまり四時四十分くらいになるのだった。

律子の家は郊外の一戸建てである。駅から歩いて六分くらい、駅というのは私鉄の駅で急行は停車しないが準急なら停まる。都心へは一時間近くかかる。

いよいよ家を出ようとした時、電話のベルが鳴り始めた。

「もしもしー」鼓膜をつんざく大声である。これは何かのセールスに決まっている。

「はい」

「亀岡さまのお宅でしょうか」

「はい、そうです」

「あの、こちらは首都マンションセールスという不動産販売の会社の者ですが、あの、御主人様はいらっしゃいますか」

「主人は会社です」

「あ、奥様ですね」

「いえ、奥様はお出掛けです。今は家政婦の私しかおりません」

「あ、そうですか。それではまた、お電話します。どうも、失礼いたしました」

セールスの電話に対していつもこのような手を使う律子であった。この電話のために、外出は一分ほど遅れることになり、それが運命を大きく変えることになるのには、律子はもちろん気付いていない。


新興住宅街であるため、道は平安京のように、あるいは北海道の屯田兵村のように、格子状になっていて、見通しがよい。その代わり平板な景色とも言える。律子が育ったのは、やたらと迷い道の多い下町で、行き止まりが多い代わりに意外な道が意外な所に繫がっていたり、子供の冒険にはことかかなかった。父や母は
「地図にはない道があって、一度迷い込んだら、もう出られないんだよ」

とか、

「あそこの道を通ると、人さらいにさらわれて、外国に売り飛ばされるぞ」

？

などと言って、幼い律子をからかった。今にして思えばどうということもない思い出だが、当時は怖くて、そんな話を聞くと泣いてばかりいた。

律子にも娘が一人いて、今は高校生である。娘が小さくて団地住まいだった頃、昔両親に言われたように、

「あんまり泣くと、このベランダから落っことしちゃうから」

と言って脅してみたところ、ますますむずかって泣くので、それきり脅すのはやめにした。そのせいではないだろうが、娘なのにあまり馴染めないところがあった。律子と根本的に考えが違うようなのである。特に最近は、何かというと律子を批判する。例えば
「お母さん、いつも同じことしててよく飽きないね」

とか、

「私はお母さんと違って自立した女になるわ」

といって、冷たい目を向ける。最近はあまり口もきかない。高い予備校の学費を出させて、学校が終わるとまっすぐそちらに行く。帰ってくるのは十時を回っており、テレビを見ている律子に一瞥をくれると、さっさと二階の自室にこもって、勉強をしているか音楽を聞いているか、そのどちらかである。勝手に部屋に入ると、当然のことながら怒る。だが、親としての好奇心があり、律子は娘のいない時にそっと部屋に入ってみたりもする。壁には参考書と少女漫画が、きちんと秩序立って並べてある。参考書は各科目ごとに、漫画は作者と巻数ごとに。

昔のことを思い起こしながら、律子の足は駅前のショッピング・センターに向かう。デパートというには俗っぽく、スーパーよりも規模が大きい、四階建ての建物だ。このショッピング・センターを経営している会社は、名前は全く違っているものの鉄道を経営している会社と同系列の企業である。律子は、そんなことは特に意識したことがない。格子状の道路であるので、最短距離で行く方法がかなりたくさんあるはずだが、律子の通る道はほぼ一通りである。一回だけしか曲がらない方法だ。曲がるのにエネルギーがかかり、エネルギーを最小にしなければならないという制約条件があるのであれば、律子が直観的に用いている方法が一番よい。だが、情報量という点から考えると、少しもったいない。その気になれば通っても損はない街路の一つに、珍しい花をたくさん輸入して育てている好事家《こうずか》がおり（花博の最終日には袋いっぱい花を盗んできたというエピソードの持ち主でもある）、周囲の人の目を楽しませているが、律子は知らない。

さて律子が、家からショッピング・センターへ行く場合の、唯一の曲がり角を曲がった時に、パタリと隣の家の主婦である岩沢静子に出会った。律子はあいさつをする。

「あら、どうも」

「これからお買い物ですか」

「ええ、見ての通りです」

「お宅の静ちゃんは、いつも遅くまで勉強しているようで、本当にうらやましいわ」

?

静というのは、律子の娘の名前である。静子は名前が似ているので、前から静にかなりの親近感を抱いているふしがある。しかし静の方では、母親とほぼ同じ生態である静子は、軽蔑の対象にしかなっていない。

「でもお宅の和子ちゃんのように、元気のある子の方が、やっぱりいいわよ」

静子の表情は曇る。和子は静と同じ学年であるが、現在多少荒れている。端的に言えば、家庭内で暴力を振るうのである。父親がだらしのない人で、いつまでも甘やかして育て、暴れても怖くて止められない。最後には母と娘のけんかになる。静子の家は防音装置をほどこしてあるので、大声が漏れることはあまりないはずだが。やはり気付かれていてそれを皮肉られたのか。とも思うが、律子の性格を考え直してみるに、そのような皮肉を言うとは考えられないから、きっと何の気もなしに和子のことを言ったのだと思い、表情を人工的に快活に戻す静子であった。

「まあ、元気のあるのはいいんだけど。ところでお宅今日は何にするの？」

「まだ何も決めてないわ。何かいいお料理があったら教えて」

料理の苦手な静子には、これも皮肉に聞こえる。静子の夫は、律子の夫よりも、年収がかなり高く、家計に余裕がある。それで、しょっちゅう車で出掛けては外食している。郊外のこの辺りには、ファミリーレストランは元からいろいろあったが、最近では高級感を出した店も増えてきて、出掛ける店にはこと欠かない。料理が下手だから外食が増えているのか、外食が多いから料理の腕が上がらないのか、因果はどちらかわからない。静子が買い物袋を下げているのは、実は割と珍しいことなのである。

もちろん律子の方では、別に皮肉を言ったつもりはない。律子も料理は、あまり上手くない。静子の料理の腕にも、特に興味はない。

「私に教えられるような料理なんか、ないわよ」

律子はどう答えていいかわからず、

「そんなことないでしょう」

とますます静子を追い詰めてしまう。ちょうどその時、大きなダンプカーが曲がり角を曲がってきて、角で立ち話をしていた二人の傍へと近づく。

「あぶないわ」

静子は律子の手をとり、ガードレールがなく白線だけで書いてある歩道の、より内側へと引き寄せる。

「怖いわね。この辺もトラックが増えてきて」

「それじゃあそろそろわたしも帰らなくちゃ、失礼します」

「失礼します」

静子は家の方へ帰って行き、律子は駅の方へと向かう。

曲がり角からショッピング・センターまでは、広いバス通りである。ガードレールもついている。歩道の敷石は正方形のコンクリートブロックで、視覚不自由者のための黄色い点字ブロックが、オズの魔法使いで主人公の娘が通って行く「黄色い道」のように、一列だけまっすぐに続いている。駅に近づくにつれ、次第に置き自転車が増える。中には捨てたとしか思われないようなものもある。サドルが盗まれ、ハンドルが錆《さび》つき、タイヤがパンクしていたりする。しかし、そういう自転車を修理して使っていたところ、元の所有者から訴えられたという事例を、律子は知っている。汚い自転車を見るたびに、思い出したりもする。ただそれだけのことだ。

晩のおかずはカツ丼にしよう。といっても亀岡家の晩飯は遅い。夫が帰ってくるのが早くて八時ころ、娘は予備校の食堂で食べてきてしまう。したがって九時ごろまでに作れば充分なのである。

そうこうするうちに、ショッピング・センターの前に着いた。食料品売り場は、他の多くのスーパーと同様に、地下である。律子はエスカレーターに乗り、地下の売り場へと下りる。時々、流れる安っぽい音楽が中断し、業務連絡が入る。「一階婦人服売り場の松山さん、至急六階事務室まで来て下さい。繰り返します。一階婦人服売り場の松山さん、至急六階事務室まで来て下さい」。

一階から六階まで至急出向くのは大変だろう。客に交じってエレベーターに乗るのだろうか。それとも業務員用には別のエレベーターがあるのだろうか。

食料品売り場でまっさきに目につくのは野菜と果物である。どこの店も意図して、色とりどりの野菜や果物を入口付近に並べる。律子は、適当によさそうなキャベツとじゃがいも、大根を買う。果物の方は、メロンがおいしそうだ。半分のメロンを買う。しばらくいくと、肉のコーナーとチーズのコーナーがある。カツによさそうな肉を買う。パン粉はあったろうか。ないかもしれない。パン粉も買っておこう。マヨネーズも、確か残り少なくなっていた筈だ。卵はまだあった。納豆と豆腐も一応買っておく。魚、魚も何か買おうか。イカの刺身がおいしそうだ。小さいのを一パック。明日の朝用に、食パン一斤と調理パン。牛乳を一パック。こんなものでいいかしら。買い物かごはけっこう重くなっている。それでもなるべく微笑みを崩さずに、レジに並ぶ。価格は三千円ほど。千円札三枚に、末尾の一円玉だけはきっちり出す。一円がたまるとかさばるからだ。

レジが終わって、外へ出た時、前の方を歩いていた男がふと横を向いた。その顔を見て、律子は目を疑い、息を止めた。男の顔からぼさぼさに生えた髭を取ったとしたら、十年前にアルプスへ登ったきり、行方不明になった五つ年下の弟、享《とおる》に生き写しだと気付いたからである。

弟は登山が趣味で、浪人して三流大学に入ると、体育会登山部に入部し、それまでの青春を取り戻すかのように登山に熱中した。四年間でおそらく数百の山に登ったのではないだろうか。就職は、とある登山用品専門店に入社したが、入社後も休暇をとっては山にばかり登っていた。そんなある日のこと、初めて海外の山に行く話がやってきた。それまでは、お金がないので、日本の山にばかり登っていたのである。

「姉さん、もう日本の山は大体登っちゃったよ。今度は海外に行こうと思うんだ」

アルプス行きを打ち開けた時、享は律子にそう言って笑った。

「あら、危ないいんじゃない」律子は既にその時結婚していて、静も生まれていた。

「だいじょうぶだよ。ずっと鍛えてきたんだし」

そして享は飛行機でヨーロッパに渡り、そのまま帰らぬ人となった。死んだという意味ではない。文字通り帰らない人となった。行方不明になってしまったのである。享ばかりではない。その登山パーティーに参加した十一人全員が、ある時パッタリと消息を絶ち、消えてしまったのだ。当時の週刊誌も、当初は「N大登山パーティー、全員神隠し」などと見出しを掲げ、連日話題にしたものだったが、人の噂もなんとやら、しばらく経つとすっかり忘れられてしまい、事件を覚えているのは律子のような、不明者の家族や親しい人のみとなった。もっとも律子自身も、子供も小さかったし、日々の暮らしに紛れて、忘れている日の方が多くなった。両親は時々泣いていた。だが死体が出た訳でなし、何となくフラッと帰って来るような気がして、葬式も出さずにそのまま時が過ぎた……十年の時が。

しかし弟も、生きていれば三十五のはず、少し若すぎるかもしれない。眼前の男は、普通に見れば三十くらいである。しかし顔は、どうみても享そのものだった。

「あの、すみません」

律子は男に声をかけた。男は気がつかないようで、そのまま歩いている。

「あの、ちょっと」

律子は声を大きくした。

「あ、ぼくのことですか」

男は振り向いた。声も享の声であった。

「享、享でしょ。一体今までどこにいたの？」

男はキョトンとして、律子を見ている。

「あの、人違いではないでしょうか。ぼくは岩瀬雄二と言います」

「？」

「人違いだと思いますが」

「そうですか。すみません。でも本当によく似ていて、ごめんなさい」

「あの、失礼ですが、その似ているという人とあなたは、どういう関係だったんですか。恋人、ですか。それとも……」

「弟です。十年前に、アルプスの山に登ったきり、行方不明なんです」

「弟さんですか。これも何かの縁でしょうから、ちょっとそこいら辺で、お茶でも飲みませんか。言い遅れましたが、ぼくは俳優をしてます」

「それは気がつきませんで。じゃあテレビとかにも出てるんですか」

「そんな売れっ子じゃありませんよ。しがない舞台俳優です。ぼくは役作りのためになるべく多くの人と話をするようにしてるんですよ。是非聞かせて下さい、その弟さんの話を」

「そうですか。じゃあ、お話ししましょう」

「ここの喫茶店に入りましょう」

男は買い物のビニール袋を下げたまま回れ右をし、今出たばかりのショッピング・センターに入っていった。律子は後をついていきながら、まだ疑っていた。弟が芝居をしているのではないかと。


喫茶店はショッピングセンターの四階にある。ここにはエレベーターがないので、エスカレーターを三回乗り継いで登らねばならなかった。喫茶店の名前はサクラメント。秘蹟という意味である。


店内は空いている。テーブルは八台あるのだが、客の座っているのは二台きりである。男はまっすぐ歩いて、一番窓際の席へと向かった。律子もそれに続く。

「あの、あなたのお名前をうかがってませんでしたね」男はそう切り出した。

「亀岡律子といいます」

「弟さんは？」

「清水享です。私も旧姓は清水でした」

「はは、そうでしょうね」男は笑った。「弟さんは、どんな人だったんですか」

？


「弟は登山が好きでした」

「はは、それもそうでしょう。山に行ったきりになったというのは、先程うかがいましたよ。よっぽど登山が好きでなければできないことです。いや、失礼。からかってるつもりじゃないんですよ」

ウエイトレスが、水とおしぼりを運んできた。長い髪は美しいが、それとアンバランスに、頬がこけていて、やせすぎという印象を受ける。ひょっとすると、ダイエットのやり過ぎか、あるいは拒食症か。水とおしぼりを載せた盆を運ぶのさえ、細い腕には負担に見える。

「ご注文は、お決まりでしょうか」

「そうだね、僕は、ホット」

「ミルクはおつけしますか？」

「いや、ブラックでいい。奥さんはどうします？」

「そうねえ、私もホットでいいわ」

「ブラックですか」

「ええ」

「かしこまりました」

ウエイトレスは伝票に、ボールペンでさらさらと注文を書くと、それをレジの横のネジ釘にひっかけた。そしてカウンターの方に戻ると、ホット二つ、と奥にいる店主に呼びかけた。それを聞いて店主は、コーヒー豆を挽き始める。

「あ、そうそう、弟さんの話ですよ。どんな人だったんです？」

「そうねえ」

律子は、弟のことを思い出そうとした。しかし、なかなか印象深い記憶は、出てこなかった。もちろん、何も覚えていないわけでは無論ない。しかし、どういう人だったかと聞かれると適当な答えを思いつかないのである。しかも、それを尋ねている本人が、どうも弟自身であるような気が、まだするのだった。何となく、本人が自分のことを尋ねているようで、不思議なのである。

「弟さん、優しい人でしたか」

「大体はね。時々、怒ることもありましたけど」

「ほほお、どんな時です？」

「山登りって、いろいろとお金がかかりますでしょ」

「そうなんですか」

「ええ。それで両親に無心したり、そのためにアルバイトをしたりしてましたが、両親が時々、何のために山なんかに登るんだ、とか文句を言う時があるんですよね。そういう時は、弟は怒りましたね。特に母には。父は怖い人でしたから、弟もあまり強くは文句を言えませんでした」

「なるほど。どんなアルバイトをしてたんですか」

「よくは知りません。普通のアルバイトでしょう？　何でも、夜中に工事したり、そば屋の出前持ちをやったり、引っ越しを手伝ったり。体力があるんで、それを生かす仕事が多かったみたいですね」

「いやあ、それじゃあ僕と同じですね」

「あら、俳優さんなんでしょ」

「俳優だけで食っていける奴なんて、そうだなあ、日本全体で千人はいませんね。五百人もいないかもしれない。百人は確実にいますが、テレビタレントでもそのくらいはいますからね。そう、三百人くらいかもしれない」

「そんなもんなんですか」

「そうですよ。それでいて、自分で俳優だと思っている僕のような人間はおそらく五万人くらいはいますね。全国のどこにも、劇団があって、それなりの数の俳優を抱えているわけですから。大体食ってはいけません。みんなバイトをしてますよ。僕も、やはり、肉体関係のアルバイトが中心です」

「大変なんですね」

岩瀬と名乗る男は、律子の目の前で、腕をまくり、力こぶを作って見せた。

「でも今は人手不足とかで、かなり時給もよくなったんで、それほど長時間働かなくてもよくなりました。食っていくだけなら、週二日でもいいくらいですよ。今は、週に三日働いてますけど」

「そうですか」

「詰まらない話をしちゃいましたね」

「いえ、とんでもない」

「話によっては、僕をあなたの弟さんと思って下さってけっこうですよ」

岩瀬と名乗る男は、ふと窓の外に目をやった。

「こんなところも、人が多いですよね」

「ええ」

「いろんな人がいる。太った人や痩せた人、楽しい人や悲しい人、男や女、大人や子供、ひげを生やした人、重い荷物を背負った人、髪の長い人、サンダル履きの人、パーマをかけた人、死にかかっている人、元気いっぱいの人、でも、ぼくの肉親は一人もいない。僕は実は天涯孤独なんですよ。田舎のおやじは早くに死んで、姉貴も中学の時に死んでしまった。それで、おふくろが一人残されたんですが、そのおふくろも、ついこないだ逝ってしまいましてね。田舎にも遠い親戚しか残ってないですよ。劇団の仲間はいますが、仲間は家族とは違いますからね」

「へえ、そうだったの」

「ええ、ですから、よかったら、僕を本当の弟と思って下さって結構ですよ。僕は俳優のはしくれだから、演技はうまいですよ」

律子は意外な展開にとまどっていた。それに、俳優は嘘をつくのも上手いだろうから、身の上話も本当かどうか分からない。天涯孤独というのも嘘かもしれない。亨が俳優になって、嘘をついている可能性だって捨てきれない。ただ、このまま別れてしまうのは、何となく残念な気もした。

律子が黙っていると、岩瀬と名乗る男はまた畳みかけるように話した。

「姉さんと呼ばせてくれませんか。残念ながら、僕の亡くなった姉貴は、あなたとはあまり似ていません。でも、僕があなたの弟さんに似てるなら、やはり僕は弟ですよ。姉さんと呼んでいいでしょ。ねえ、姉さん」

「あ、その言い方、亨に似ているわ」

「そうですか。『姉さん』、こんな感じですか」

「さっきの方が、ちょっとよかったけど、そう、そんな感じ」

「姉さん」

「亨」

「ええ、僕です。亨ですよ、姉さん」

「何だか変ね」

「変じゃないよ。姉さん」

ウエイトレスがコーヒーを運んできた。岩瀬と名乗る男は、ズズーと音を立ててコーヒーを飲む。そう言えば亨も音を立ててコーヒーを飲んでいたと、律子は思い出した。

「飲まないの？　姉さん」

「わたしは猫舌だから冷まさないと」

「そうだったね。思い出したよ。ところで姉さん、久しぶりに会ったんだし、晩飯をどっかで食わない？」

「でも、主人の御飯を作らなきゃならないし。それにおかずも買っちゃったのよ。カツを揚げるつもりで」

「そうか。じゃあ姉さんの家にいって、一緒に食べたいな。いいだろ？」

律子はしばらく考えていたが、夫の帰ってくるのは遅いし、ここで断るのは何となくかわいそうな気もする。

「ええ、いいわよ」

律子の口調も、だんだんと変化していた。

コーヒーも飲み終わり、二人は喫茶店「サクラメント」を出た。時間は六時を少し回っている。勘定は律子が払った。

一階に下りるには、上がってきた時と同様に、エスカレーターに三回乗らなくてはならない。ショッピング・センターを出てから、律子の家につくまで、男は「姉さん、姉さん」と呼び続けた。律子も、「亨」と気安く呼ぶようになった。道順は、いつも律子が通る、一回しか曲がらない道順である。

「ここが姉さんの家か。立派なもんじゃない。旦那さんは何してるんだっけ？」

「サラリーマンよ。電気関係のエンジニア」

「へえ。もうかるんだね」

「もうからないわ。ただ家の人は、全然遊ばない人なの。結婚前から貯金ばかりしてたし、お酒も煙草もやらない。それでね、何とかマイホームが建ったわけ。あ、スリッパはそっちのを履いて。それはお父さんのだから。うん、その緑の」

「これ？」

「そう、それ。キッチンはこっちよ」

「その前に、手を洗いたいんだけど」

「あ、お手洗いはそっち」

「わかった」

律子は買い物袋の中の食料品を、一つ一つ冷蔵庫の中に移した。移し終わると、テレビのニュースをつけた。男も、手洗い場から戻ってきた。国際情勢、国内政治、経済摩擦、交通事故、どれもあまり面白くない。律子はため息をついた。

「おなか空いてる？」

「うん、ぺこぺこだよ。昼はロールパン二個で済ませちゃったんだ」

「そう、それならもう始めましょうか」

「そうだね、僕も手伝うよ」

律子は、自分の気分が多少高揚しているのに気付いていた。夫の帰りはだいたい遅い。料理を作っておいても会社の残業弁当か何かで済ませていることもある。すぐ目の前の人に作ってあげる方が張り合いがあった。

律子は炊飯器のスイッチを入れ、大きな中華鍋に油を入れる。男は器用な手付きで、肉にコロモをつける。

しばらく時間が経つと、カツも揚がり、サラダも出来、御飯も炊き上がり、ちゃんとした夕食の準備が整った。

「姉さんの手料理は久しぶりだな。料理はうまくなった？」

「食べてみればわかるわよ」

「うまい、うまいよ」

「そう？　うれしいわ」

後片づけも済んだ時、ドアのチャイムが鳴った。出てみると、律子の夫の亀岡啓介（四十三歳、会社員）だった。

「あら、今日は割と早かったのね」

「ああ」

夫は、玄関に脱いであるスニーカーに目をとめた。

「誰か来てるのか」

「え？　ええ」

律子がどのように説明しようか考えていると、キッチンから男が出てきて
「あ、お義兄さんですね。御無沙汰しました。享です」

「享君か。こりゃ驚いた。律子には悪いが、僕はもう死んだんだろうと思ってたよ。へえ。しかし、よくここが分かったね」

「いや、今日偶然姉さんと逢っちゃったんですよ、この近くで」

「へえ。そうかい。しかし、あまり変わってないねえ。律子はこんなに老けたのに。やっぱりスポーツをしてると、若々しさが保てるのかな」

「何ですって」

「いや、冗談。しかし享君、かれこれ十年も、一体何をしてたんだい」

「ずっとスイスで暮らしていましたよ」

「スイスにいたって、君、連絡くらいできるだろ」

「何となく、もう日本とは縁を切りたくなっちゃって」

「そうか。そういう気持ちは、僕にはあまり理解できないな」

啓介は話をしながら、廊下を歩きながら、背広を脱ぎ、ネクタイを外し、ワイシャツのボタ

？

ンをいくつか外し、キッチンにつながった客間のソファーへ寝転んだ。律子は、夫が一体何回亨と会ったことがあったかを数えてみる。お見合いの日にはいた。結婚式の日にもいた。結婚後に会ったのは十回くらいか。亨は山に登っていることも多かったし、さほど顔を合わせてはないはずだ。

「それでいつ日本に戻ってきたの？」

「一週間くらい前です」

「どうしてまた急に」

「うーん、ぼくも年を取ったのかな。何となく、日本の土が恋しくなっちゃって」

「ほう。そうかそうか」

啓介は丸い顔で、何度もうなずきながら、自分一人で納得している風情である。律子は、男がまったくボロを出さないことに感心していた。

「ところで晩飯はあるのかな」

「ええ、ありますよ」

「それじゃあ、食いながら、亨君の武勇伝を聞こうかな」

「はいはい」

律子は夫の茶碗に御飯をよそい、おかずにかけた布巾を取る。

「ほう、カツか」

「ええ」

どうせ何を食べても同じなんでしょ、と律子は思うが、口には出さない。

「享君、まあ、そこに座って。スイスで一体、何をしてたんだい」

今日の夫は、いつもより口数が多い。もっとも普段は二人きりの食事が多いから、話すことがなくなるだけで、会社にいる時はこのくらいの口数なのだろうか、などと律子は考えた。

「大したことはしてませんよ、残念ながら。まず、フランス語もドイツ語もできなかったんで、結局皿洗いから始めました」

「ほお、ジュネーブとかそっちの方？」

「いえ、都会じゃなく観光地です。それから、まあウェイターとか、運転手とか、スキーを覚えてインストラクターもしましたね。最近はあっちも日本人が増えてるんで、日本語の分かるインストラクターが必要なんですよ、少しは。そうして、年の半分くらいは働いて、あとの半分くらいは、やっぱり山に登ってましたね」

「ふうん。しかし、三十を越してからの一年は早いだろう」

「早いですね。あっという間に時が過ぎて行く感じです」

「そうなんだよ。そうなんだよね。早いんだよ。僕もあまり出世もせずに、こんな歳になってしまった」

「お義兄さんは、まだ電気関係の会社に勤めてるんですか」

？

「よく覚えてたね。そうだよ。今やっと課長だ。もう先が見えてるよ。でもね、僕は静に期待してるんだよ」

「静？」

「何だ、覚えてないのか。君も何度も会ってるだろ。ウチの一人娘だよ」

「ああ、思いだしました。静ちゃん、幾つですか」

「高校一年だ。美人だし、よく勉強しとるよ」

よく勉強してるは事実だが、美人というのは親の欲目だ、と律子は思った。

「ちっちゃかったですよね」

「ああ、ちっちゃかったよ。でも今はもうこんなだ。背も僕とあまり変わらないよ」

啓介は食べるのが早い。この時点でもはや御飯を二杯とおかず全部を平らげている。

「ところで享君、これからどうするつもりなの？」

「そのことなんですが、お義兄さん、しばらくここに置いてくれませんか」

「あ？」啓介はチラリと律子の方を見た。「僕は別に構わんよ。なあ、律子」

「そうねえ」

「日本に帰ってから、ずっとユースに泊まってたんですよ。仕事が決まったら自分でアパートでも探しますから、それまでのつなぎにお願いします」

「ああ、いいよ。まあ、僕はあまり家にいないけどね。休日出勤も多いし。しかし、どこに寝るか。この客間でいいか」

「ええ、どこでも」

「じゃあ、この客間に寝るということで。律子、余分の布団はあるんだろ？」

「ありますよ」

「じゃあそういうことしよう。風呂は沸いてる？」

「ええ」

「じゃあ僕は風呂に入るよ」

啓介が風呂に入っている間に、静が帰ってきた。

「ただいま」

「おかえり」

「あ、お客さま？」

「こんにちは、大きくなったね、静ちゃん。わからないかな。享おじさんだよ」

「？」

静は享のことをよく覚えていなかった。ただ単に、母の弟として認識していただけだった。それに興味の対象でもなかった。それで、「こんばんは」とだけ言うと、スタスタと階段を上がり、自室にこもってしまった。彼女にとっては、今日の予備校の授業の復習の方が、大切だったのである。


？

律子はその会話を聞きながら、もし岩瀬が享でないのであれば、ネタバレをすべきなのかどうかを考えていた。おそらく岩瀬自身は、演技の練習か何かのつもりで、このまま享で居続けるだろう。

それもいいか、と律子は思った。少なくとも実害はない。害どころか、それで彼の練習になり、私たちの孤独が和らぐのなら、良いことずくめではないか。岩瀬と名乗る男にしても、自分のアパートもあるのだろうし、まさか長期で居座るつもりはあるまい。そのあと時々、享として顔を出して来るのもおもしろいだろう。

あ、でも両親に話すかどうかは厄介だ。あまり付き合いのなかった私の夫や静を騙すことは容易だが、両親はそう簡単にはいかないだろう。それとも岩瀬は、両親の前でも弟のフリをするという挑戦をするつもりだろうか？

「姉さんどうしたの、ぼんやりして」

「父さんと母さんに連絡しようかと考えていたのよ」

「ああ、姉さんに見つかっちゃったから、親の前に姿を現さないわけにはいかないよね。あした一緒に行こうか」

「本気なの？」

「本気だよ」

「旦那や娘のように簡単には騙せないわよ」

「え？　騙すって、何のこと？」

その時、「おーい、律子。タオルを持ってきてくれないか」と、夫が風呂場から呼ぶ声がした。

律子は岩瀬と名乗る男の顔を見ながら、やはり享が私をかつごうとして、とっさに別人の名前と俳優という職業を名乗っただけではないかとふと思った。しかし本当のところは、分からない。

?

ショートショート

北枕

南極大陸単独横断に挑戦中の私が、南極点に到達した時には、日本時間でその日の午後九時を回っていた。南極点といっても、これといった目印があるわけではない。ただ、アムンゼンの残した「ざまあみろ」と、スコットの残した「このやろう」の文字が、氷の上に刻みつけられているだけである。これはウソである。アムンゼンやスコットが平仮名を書けるわけがありません。

さて、さっそくテントを張り、凍ったカロリーメイトを食べ、寝ようという時になって気がついた。南極点なので、どちらの方向に寝袋を向けようと、北枕になってしまうのだ。私の生まれた地方では、仏教の信仰が篤く、北枕は厳に戒められていて、非合理的だと思いつつも、ついつい旅館やホテルでも気にしてしまう。

さて、困った。テントを動かせばよいのだが、今になって極寒の中でテントを移動するだけの元気はない。グルグル体を回しているうちに、一つだけ北枕にならない方法を見つけた。

そう、その日は、立ったまま寝た。

スピード狂の話

ショートショート／北　枕／スピード狂の話

Bさんとはバイト先で知り合った。大学を中退して、流行りのフリーターをしている。口ぐせは「ぶっとばす」と「ドーン」。彼は大変なスピード狂で、週末になると湘南や房総を走ってくる。私はその雄姿を見たことがないが、そうとう危険なことをしていたらしい。

とうとうある日、Bさんが事故で入院したと聞いた。何でも、トラックとガードレールの間にはさまれて、下半身不随になってしまったそうだ。私は早速、見舞いに駆けつけた。教えられた四階の病室に行ってみると、Bさんは『裏窓』の主人公のように、じっと窓の外を見つめていた。

「今度ばかりは懲りたでしょう。命が助かっただけでももうけものと思って、もう危ないことはやめたらどうです」

「何言ってるんだよ、ぶっとばさなかったら、生きててもしょうがないだろうが。ドーンと行こう、ドーンと」

Bさんは、唯一自由に使える左手を、ビュンビュン振り回した。

Ｂさんは退院を待たずに病院を逃げ出した。油断もすきもあったものではない。悪い仲間が手引きしたに違いないと思い、Ｂさんの友人を問い詰めた。

「いや、Ｂのやつが、車椅子で走りたいというからさ」

「それでどうしたんです」

「七五〇ccのエンジン付きに改造してやったんだよ」

「！」

もし夜明けの第三京浜で、時速一二〇キロで飛ばしている車椅子を見掛けたとしたら、それはきっとＢさんである。果たして彼は弱者であろうか、強者であろうか。

涸れ井戸の話

お菊は泣いていた。

奥様の大事にしていた皿を割ってしまったからである。

奥様はヒステリーで、ささいなことでも女中に対して当たり狂う。ましてや大事な皿を割ったとしたら、おそらく殺されるだろう。

お菊は泣きながら考えた。殺されるくらいならいっそ自分で死んでしまった方がましだ。そこで、お屋敷の裏手にある涸れ井戸に身を投げようと思った。

いざ身を投げようというその時、お菊の頭の中に、一つの不穏な考えが浮かんだ。どうせ死んでしまうのならば、お屋敷の大事なものも一緒に壊してしまえ、と思ったのである。お菊は、奥様の大事にしていた残りの皿や、南蛮渡来の珍しい壺や、職人が丹精こめて作ったびいどろ細工をこっそりと持ち出して、涸れ井戸の中に投げこんだ。

皿や壺は井戸の側面に当たって砕け、その直後に自分も涸れ井戸の中に飛び込んだ。

涸れ井戸の底に落下する前にお菊の見たものは、世にも美しい風景だった。折しも太陽の光が井戸の底まで届いている時間だった。初めて地球の円周を測ったエラトステネスも大喜びしたであろう。その光の中で、赤や、青や、白、緑、紫、橙の、円、三角形、矩形、星形、楕円形、六角形などの破片が、涸れ井戸の中をきらきらと回りながら飛び交っていたのである。

これがいわゆる『カレイドスコープ（万華鏡）』である。

クロワッサン殺人事件

ナレーター『それは、世にも恐ろしい、不思議な事件でありました。

（しばらく間あり）

腹を減らした男が一人、真冬の町を、コートの襟を立てながら歩いておりました。すると、〈焼き立てパン・ほかほかでおいしいよ〉という看板が目に留まりました。男はたまらず、そのパン屋へと吸い込まれていったのです』

男「ああ、寒い、寒い。あの、ピロシキ下さい」

女店員「すみません。ピロシキはもう売り切れてしまいました」

男「そうですか。じゃあクリームパンを下さい」

女店員「申し訳ございません。クリームパンも売り切れなんです」

ナレーター『男はそれから、あんパン、ジャムパン、食パン、チョコパンなどを注文しましたが、店員は売り切れというばかりです。もし男がここで諦めていれば、あの惨劇は起こらなかったのですが……』

男「なんだ、全部売り切れ？　何にもないの？」
女店員「いいえ、クロワッサンだけ残っています」
男「そうか、クロワッサンか。あまり好きじゃないけど、仕方がない。それをもらおう。いくら？」
女店員「八十円です。消費税込みで、八十六円です」
男「はい」
女店員「どうもありがとうございました」
ナレーター『男はパン屋から出ると、さっそくクロワッサンにむしゃぶりついたのです』
男「なんだ、このクロワッサンは固いな。ガチガチだ。とても食べられない。なにが焼き立てのホカホカだ。すっかりだまされた」
ナレーター『むしゃくしゃした男は、円盤投げをする要領で、クロワッサンをビュン、と放り投げました』
ビュンビュンビュンビュン（効果音）
ナレーター『ところがクロワッサンは、ちょうどブーメランのような形をしています。つまり、思い切り投げたつもりが、グルンと回って戻ってきて、男の後頭部を直撃しました』
カツン（効果音）
男「いてー」

ナレーター『こうして男は、そのまま息を引き取りました。
（しばらく間あり）
これが、あの、世にも恐ろしい、クロワッサン殺人事件の真相であります』

リカちゃんテレビ

バイト帰りの裕一が家路を急いでいると、

「あの〜、すみません」と、甲高い女の子の声が聞こえた。

「なんでしょうか」

裕一は振り向いたが、誰も見えない。だが、道端に二十インチくらいのテレビがあって、そのブラウン管にリカちゃん人形が映っていた。

裕一が見つめると、しゃべっているのはそのリカちゃん人形だった。

「道に迷ってしまったの。教えてくださらない？」

「？？？」

「ねえ」

「ぼくに言ってるんですか」

「ええそうよ」

「だって、あなたテレビの中だから」

「テレビの中から、テレビの外が見えないと思ってるの？」

「ええ」

「バカねえ」

「それに人形だし」

「人形は自分でしゃべれないとでも思ってるの？　ますますバカねえ」

「どっかに声優がいるんでしょ」

「いないわよ。じゃ、あなたは、自分でしゃべってることが証明できるの？」

「それは証明できないよ。できるわけがない」

「分かってるじゃないの」

「でも、見えるとしても、あなたが迷ってるのは、そのテレビの中の世界でしょ？　ぼくに道を聞かれても、答えられるかどうか」

「そんなこと、聞いてみなくちゃわからないじゃない」

「はあ、まあ、そうですが」

テレビの中のリカちゃん人形にやりこめられた裕一は、苦笑するしかない。

「それでどこに行きたいんです？」

「あなたのおうち」

「ぼくの家？」

「ええ、そうよ。あなたのおうちに行きたいの」

「？？？　初めから、そう思ってたんですか？」

「もちろん」

「君は、ぼくを知ってるの？」

「ええ。あなたも、私を知ってるでしょ？」

「そりゃ、まあ、知らないことはないけど」

「じゃあ、あなたのおうちに行きましょう」

「行きましょうって、君、テレビから出られるの？」

「出られないわよ」

「じゃあどうやって行くの」

「バカねえ。あなたがテレビを運んで行くのよ」

裕一はしかたなく、テレビを肩にかついだ。思った以上に重い。よろよろと歩いてゆくと、今度は男の低くて太い声がした。

「君、君、ちょっと待ちたまえ」

ふりむくと、こんどはもう一回り大型のテレビがあり、その中で警官の人形がしゃべっていた。

「そのテレビは、君のテレビか？」

「いいえ。私のではありません」

「じゃあ盗んだんだな」

「とんでもない」

「とにかく話を聞かせてもらう。署まで来なさい」

「テレビの中から来なさいと言われても、どこへ行けばいいんですか」

「特例だ。本官の方から出向こう。君の家に連れて行きたまえ。そこでじっくり取り調べをする」

「そんなばかな」

「なに？　国家権力に逆らうと、逮捕するぞ」

　警官の人形は、ピストルの引き金をひいた。驚く程大きな音が、人通りのない住宅街に響きわたった。

　裕一は訳も分からぬまま、リカちゃんのテレビを頭の上にのせ、警官のテレビを背中に背負って、ますますよろよろと歩いていった。だが、テレビ二台はあまりにも重く、誰かが転がしておいたコカコーラライトの缶に蹴つまずいて倒れる。ああ、倒れる、倒れる。

　ガシャガシャンと音がして、二台のテレビは嘘のように粉々に砕け、あとにはガラスの粒が、リサイクル後のペットボトルのように、サラサラと散った。

壁紙

Sは壁紙を替えたい、と思った。このマンションの部屋に引っ越してきて一ヵ月になるが、Sの持ってきた家具と壁紙の調和がどうも悪い。一回気になりだすと、いてもたってもいられなくなって、次の日曜日、Sはデパートに新しい壁紙を買いに出かけた。

気にいった色の壁紙が見つかり、部屋の壁の寸法分だけ買って帰ると、これまでのくすんだ壁紙を剝がそうとした。だがこれが一苦労だった。爪の先を立てたり、ナイフの刃を使ったりしても、なかなか歯が立たない。相当厚く、しかもしっかりと貼りついていた。むりやり剝がすと、血が吹き出してきそうだった。

おまけに、触った時の感触で、壁紙の向こうにある壁に亀裂が生じていることも分かった。ひょっとするとこのマンションはもはや崩れ掛かっていて、それを各部屋の壁紙が支えているのかもしれない。そう考えると、Sは壁紙を剝がすのを諦めざるを得ず、次善の策として、これまでの壁紙の上に糊を塗って新しい壁紙を張った。

しかし今度は、何となく部屋が狭くなったように感じる。たかが数ミリの壁紙を張っただけなのに。Sは考えた。おそらくこれは予感によるものだろう。今後、壁に生じた亀裂が壁紙にも波及し、おれは際限なくその上から壁紙を張り続けるに違いない。何枚も何枚も張り続ければ、薄い壁紙でもじわじわと部屋を狭くしかねない。おれはそのことを今から心配して、部屋の狭さを感じているのだ、と。

地震なんか、こわくない

若いサラリーマン夫婦がいるとしよう。夕食が済み、二人でお茶を飲んでいる。
妻「ねえ、週末にマンション見に行かない？」
夫「最近は耐震偽装問題とかあるから、今買うのはちょっとな」
妻「ねえねえ、いいのがあるのよ。このチラシ見てよ」
夫「新発想の完全耐震マンションか。まあ見に行ってみるか」

そして土曜日、彼らは会場に来ていた。
セールスマン「いらっしゃいませ」
妻「この新発想の完全耐震って、どういうものなんですか」
セールスマン「うちは鉄筋を一本も入れてません」
妻「まっ、危ないじゃないの」
セールスマン「このマンションは柔構造です。ですから倒れません。こんにゃくを使ってます」

妻「まっ、揺れるじゃないの」
セールスマン「揺れます。でも、壁にぶつかっても、痛くありません。こんにゃくですから。しかも、もし閉じ込められても、こんにゃくですから、食べられるので、飢えることもありません」
夫「いいなあ、買おう」
妻「やめてー」

翌週の土曜日、彼らは別のマンション販売会場にきていた。
セールスマン「いらっしゃいませ」
妻「この新発想の完全耐震って、どういうものなんですか」
セールスマン「うちは鉄筋を一本も入れてません」
妻「まっ、危ないじゃないの」
セールスマン「このマンションは柔構造です。ですから倒れません。こんにゃくを使ってます」
妻「やめてー。先週のところと一緒！　買わないわ」
セールスマン「それだけじゃありません。このマンションは地震が起きると、ぐにゃりと折れ曲がって逆U字型になり、二本足で走って逃げるのです」
妻「どこへ逃げるの？」

セールスマン「ひたすら震源から遠い方へ」
夫「いいなあ、買おう」
妻「やめてー」

猫の会議

郊外にある、少しだけ立派な感じのする邸宅である。瓦の屋根と生け垣。部屋数は六室ほどで、庭には池もあり、小さいながらも一つのブロックを完全に占拠している。つまり四方は道路で、直接に隣接する家はない。季節はすっかり秋の色、時は夜の十時を回ったあたり。この家に住むのは、老夫婦ふたりきり。二人は縁側に座っていたが、浴衣を着た老人は、草履をはいてツカツカと池の方へ歩いて行った。

「ばあさん、ちょっと見てごらん」

「何ですか」

「ほら、月があんなに青いよ」

「ああ、そうですねえ。昔のヒット曲にもありましたねえ。月がとっても青いから、遠廻りして帰ろう、なんていうのがね」

老妻は歌を頭の中で歌っているのか、体をゆっくりとゆらゆら揺らしていた。

「そうだったねえ。ああ、こんなに月の青い夜は、猫が会議を開くっていう話を聞いたことがあるよ」

「まさか」妻は笑う。

「まあ、ホントかウソかわからないがね。あっ、しまった。コンタクトレンズを落としてしまった。ばあさん、一緒にさがしてくれんか」

老人は息子のすすめで、去年から眼鏡をやめてコンタクトにしていた。だがまだ慣れぬゆえ、よく落としたり忘れたりする。その時面倒をみるのはもちろん、いつも老妻である。

「どの辺ですか」

「この生け垣のあたりだと思うんじゃが」

二人は、落ち葉が積もっている庭の隅を、手探りでコンタクトを探す。ガサガサ、ゴソゴソという音。


生垣の向こう側を、ちょうどその頃、銭湯帰りの若い男が、下宿へ戻る途中だった。フリーアルバイターのこの男、大変な猫好きである。街灯がこわれて暗い道路でこんな独り言を呟《つぶや》いていた。

「もうちょっと金があれば、風呂付きの下宿に引っ越せるんだが、まあオレの稼ぎじゃムリか。そう言えば、鈴木の奴田舎へ帰ると言ってたが、職があるのかね、あんな山奥に。まあ、関係ないか。

おや、今ガサゴソっていったな、そこのしげみで。猫がいるのかな。ちょっと呼んでみようか。ニャーオ。ニャーオ。ニャーオ。………」

さてここで若いＯＬが登場する。彼女の歩いて来る道は、先程の男とは老人の家屋を隔てた一本北の路地である。年は先程のアルバイターより二、三歳は上かもしれない。きらびやかなファッションを身にまとっていても、肌は多少疲れている様子で、こんなことをつぶやいている。「今日はさんざんだったわ。課長にはどなられるし先輩にはイヤミを言われるし、後輩は結婚してやめていくって言うし」ここで彼女は、先程の男の、猫の鳴き真似を耳にする。ついでに言えば、彼女も大の猫好きである。

「あら、猫の鳴き声がするわね。どこにいるのかなあ。ミャーオ」

彼女は立ち止まって目をこらす。

「ニャーオ」こちらは先程のアルバイターである。

「あっ、確かにいるわ。ミャーオ」

「ニャーオ」

「ミャーオ」

ここへ、また別の男が登場する。年はそろそろ中年にさしかかり、お腹がかなり出はじめている。ジョギングウェアの上下を着ているが、お世辞にも走っているとは言えない。歩くとしてもゆっくりである。彼は、アルバイターのいる道路、並びにＯＬのいる道路とは垂直に交わり、老人の住居の東側を通る道をやって来た。そこで、かの二人の鳴いている声を耳にする。

「ニャーオ」

「ミャーオ」

「あ、猫が鳴いてるなあ。それもオスとメスの逢引のようだ」ちなみにこの男、猫は大嫌いである。

「ちょっと脅かしてやるか。ギャーーオ」

「ニャーオ」

「ミャーオ」

「ギャオギャオギャオギャーオウ」

ここへ少女が登場する。少女は、アルバイターとＯＬのいる道路とは垂直に交わり、中年男の道路とは平行な、老人夫妻の住居の西側を通る道を歩いてくる。年の頃は、小学校高学年。流行なのか、大きなキリンのぬいぐるみを抱えている。どうやらこっそりと家を抜け出してきたようだ。だが、不良っぽい様子はない。少女も当然、三方から響いてくる猫らしき声に気がつく。

「あれ、猫がいっぱいいるみたい。どこにいるんだろう。ミャウ、ミャウ」そしてかがみこんで、手首を頭の上に方に持っていき、猫の耳の真似をする。

「ニャーオ」

「ミャーオ」

「ギャーオウ」

「ミャウ、ミャウ」

こうして、四者四様の鳴き声が、暗い街路にこだました。


ところで、老夫婦はどうなったであろうか。

「おい、ばあさん」

「なんですか」

「耳をすましてごらんよ」

「はいはい」

「ほら、猫が会議を開いているよ」

「まあ、ほんとですねえ、おじいさん」

「な、わしの言うことに間違いはないだろ、はっはっは」

「ほほほほ、ところで、コンタクトレンズは」

「ああ、そうだったね、ははは」

実際に「猫の会議」が存在するのかどうか、筆者には定かではない。だが猫程度の頭脳の持ち主が開く会議を意味するのであれば、その実例には事欠かない。

童話

ミミズのお姫様

山田君は、今日も朝から、いっしょうけんめい畑をたがやしていました。小学生の時にお母さんをなくし、中学生の時お父さんをなくし、きょうだいもなく、山田君はまったくひとりぼっちでした。ざいさんと言えば、わらぶきの小さな家と、家のまわりの小さな畑だけで、山田君はそれをたがやして、ほそぼそと生活していました。山田君は今十八歳。まわりの友だちはだいたい高校生になりましたが、山田君だけは、お金がなくて、高校へも行けませんでした。でも、特にくやしいとは思ったことはありません。山田君はべんきょうよりも、畑をたがやすことがすきだったからです。

さて、お昼になり、山田君がひとやすみをしていると、

「こんにちは」と声がします。

「え、だれですか？」と、山田君が言うと、

「ぼくはミミズです。ミミズの王子のミミクルと言います」

山田君があたりを見回すと、たしかにミミズがいました。山田君がそのミミズに向かって、

「ほんとうに君がしゃべってるの？」ときくと、

「はい。ほんとうです」とこたえます。

「こりゃ、びっくりした」山田君は、手を伸ばして、ミミズを手のひらにのせました。

「それで、ぼくに何かようかい？」

「じつは、お姫様をさがしてほしいんです」

「お姫様とはぐれたの？」

「ぼくらは、地下に道があって、そこをとおっているかぎり、ぜったいまよわないんです。でも、地上に出てしまうと、わからなくなってしまうんです。お姫様は、となりの町から、地下の道路を通って、一年かけてやってきました。で、ちょっとここの地上に出てみようとして、顔を出したその時、強い風がふいてきて、ビュッと飛ばされてしまったんです。それきり、ぼくはお姫様にあえません。ああ、なんということでしょう」

ミミクル王子は、体をよじってなきました。

「それで、ぼくにさがしてほしいのかな？」

「ええ、お願いします。ぼくらはうごくのが、大変おそいのです」

「でもさあ、ミミクル王子。どうやってお姫様を見分けたらいいの？」

「それは簡単。ぼくらのような王族は人間の言葉がわかります。だから、こんにちは、と声を

かければいいんですよ」

「でも、君たちって、地上にはあんまりいないでしょ？」

「ええ、地上に五分以上いると、ひからびてしまいます。でも、それほど深い地下にはいません。だから、地面に口をつけて、『こんにちは』って言えば、聞こえるはずです。そこで『こんにちは』と返事があれば、ぼくらの王族のだれかです。そしたら、『あなたは、ミミリン姫ですか』と聞いて下さい。『ええ』と答えたら、それが彼女です」

「なるほど、わかったよ。で、見つかったらどうすればいい？」

「ぼくは、彼女がみつかるまで、この畑のクイのところにいるので、つれてきて下さい。もしかすると、用事で、でかけなきゃならないこともあるかもしれません。でも、きほんてきには、そこにいます。だから、お姫様がみつかったら、クイのところで、ミミクル、とよんで下さい」


その日山田君は、自分の畑の中で、少しずつ場所をかえながら、『こんにちは』『こんにちは』と、あいさつをつづけました。でも、返事はまったく返ってきませんでした。

山田君は、自分の畑から、少しずつ、少しずつ、場所をひろげました。まず、となりの田中さんの畑、むかいの高橋さんの畑、そのとなりの井上さんの畑……。田中さんも、高橋さんも、井上さんも、山田君が畑でひざまずいて、

「こんにちは、こんにちは」

とばかり言っているので、頭がへんになったのではないかと思ったそうです。

でも、一度も返事はありませんでした。

それから三ヵ月たったある日、山田君がとなりのとなりの、そのまたとなりの、そのまたとなりのまたとなりの……、となりの山中さんの畑で「こんにちは」と言っていると、「こんにちは」、と土の中から返事がありました。

「あの、ミミリン姫ですか?」

「いえ、私はミミズズ王子です」

「あ、そうですか。しつれいしました」

それからも山田君は、ミミリン姫をさがしつづけました。そしてとうとう十年という月日がたってしまいました。山田君は二十八歳になりました。こんにちは、と言って、返事がかえったこともありましたが、名前をきくと、ミミル王子だったり、ミミン王女だったり、ミミセル姫だったり、ミミック王だったり、ミミレ男爵だったり、ミミジ侯爵だったりしたのです。山田君はすっかりつかれました。この十年というもの、食べ物を買うお金もなかったので、食べられそうな木の実や草をむしって、うえをしのいできたのです。すっかりやせていました。山田君がさがした場所は、もう二十キロメートル四方くらいにまで広がっていました。

「こんなにさがしたのに、ずっと遠くへいってしまったんだろうか?」

つらい目にもあいました。一度は、どろぼうにまちがわれて、けいさつに連れていかれたこともあります。しかたなくたんねんにわけを話して、やっとしゃくほうしてもらいました。

今日も朝から何も食べずに、「こんにちは、こんにちは」と言い続けて、山田君はすっかり声もかれ、畑のあぜ道につかれてたおれこんでしまいました。

すると、山田君の目の前で、道の土が少しもりあがったかと思うと、ちいさなミミズが顔を出しました。山田君はもしや、と思い、最後の声をふりしぼって、

「こんにちは」

と言いました。

ミミズはこっちを向いて、

「あら、私にですか」

「ええ、あなたにです。あの、あなたはもしや、ミミリン姫ではありませんか」

「ええ、ミミリン姫ですわ」

「よかった。ぼくはミミクル王子にたのまれて、十年間あなたを探しつづけていたんですよ。さっそく、王子のところに行きましょう」

山田君は、手のひらに土をもると、その中にミミリン姫を入れ、自分の畑までの十キロもの道のりを、走り続けました。夕日が赤く、山田君の顔をてらしています。

やっとのことで、自分の畑に戻りました。ひさかたぶりにもどった家も畑も、すっかりあれはてていましたが、そんなことにかまってはいられません。クイのところへ行くと、「ミミク

ル王子、ミミクル王子」

とよびました。すると、するするとミミクル王子がすがたをあらわしました。

「ミミクル王子、ミミリン姫をおつれしましたよ」

「ああ、ミミリン姫！」

「ミミクル王子！」二人、いえ、二匹はかたくかたくだきあいました。

「ところで山田さん」

「はい」

「たいへんありがとうございました。おれいと言ってはなんですが、ぼくらには全部で、一万びき以上のけらいがいます。そのけらいを呼びよせて、あなたの畑をたがやさせることにしましょう」


それからというもの、山田君の畑はすばらしい畑になりました。たくさんのミミズたちがはたらいたおかげで、まわりの畑とはかくだんにちがうすばらしい土になったのですから。やさいをまいても、くだものをまいても、見た目も味も、だれがみてもたいこばんをおすような、すばらしい作物がとれるようになりました。

そんなある時、町で一番のお金もちの一人娘で、美人のほまれ高いおじょうさんが、近くをとおりかかりました。お金もちの家では、だいたい子どもをきちんとしつけようとするので、子どものがわからすると、うっとうしいものです。じつはこのおじょうさんも、もう二十歳なのですが、あいかわらずうるさい両親や家庭教師からにげてきたのでした。そして、りっぱにみのった山田君の畑に、目をとめました。

「あら、おいしそうなものがなってるわ。一ついただいていいかしら」

「あ、どうぞどうぞ」

気のいい山田君は、おじょうさんにモモやブドウをすすめました。

「私、こんなおいしいもの食べたことないわ」

おじょうさんの家では、食べるものはいつもフランス料理、デザートもごうかなケーキやプリンばかりで、生の果物など食べたこともなかったのです。おじょうさんは、こうしたゴテゴテした食べ物には、すっかりうんざりしていました。

「ああ、ずっとここにいたい。ね、いてもいいでしょう?」

「ええ、まあ」

そしていつの間にか、おじょうさんは山田君の家にいついてしまいました。お金もちの家でも、娘がそんなにほれているのならと、山田君とのけっこんをみとめました。こうして山田君は、町一番のお金もちのおむこさんとなりました。そして美しいおよめさんと、かわいらしい子どもにもめぐまれ、いつまでも幸せにくらしたということです。

コンピュータヌキ

タヌキくんは、一年ぶりに町へ出てきました。冬ごもりの前に、ちょっとだけ人間をからかうのが、タヌキくんの楽しみなのでした。

何年たってもかわらない森の中とちがって、町はまたすがたを変えたようです。人々もますますいそがしくなったみたいでした。工場の青年風に化けているタヌキくんのことなど、だれも気にしないでさっさっさっさっと通っていきます。

「さてと、今年はどうしようかなあ。おととしはちっちゃな子供に化けて迷い子のふりをしたんだったよな。道ばたで泣いているとおまわりさんとかふつうの人とかがたくさん集まってきたっけ。去年は大型のトラックに化けて、あちこち走り回ったなあ。運転席にだれもいないのを見て、反対から来る車がみんなおどろいた顔をしてた。今年はもっとすごいものに化けたいなあ」

タヌキくんは、製材所の前までやってきました。ここの太った社長さんのことを、タヌキくんは時々見かけることがあります。よく山登りにやってくるのでした。ふと中をのぞきこむと、その社長と、社員らしき人が数人で、何やら話をしていました。その横には、ピカピカ光っている、新しい機械が置いてありました。

「だからこのコンピュータでですね……」

「ふむふむふむ」

こんな声が聞こえてきます。タヌキくんは、あれがコンピュータというものだな、と考えました。コンピュータというすごい機械ができたことは、キツネくんから話を聞いたことがあったのです。

そのうち昼休みになって、社長さんたちは別の部屋へ行ってしまいました。タヌキくんは青年の姿でそっと部屋へ入りこみ、しげしげとコンピュータをながめました。

「そうだ、こんどはこれに化けてやろう。なかなか難しそうだな。ええと、ここがこうなってテレビみたいになってて、こっちはタイプライターみたいなんだな。こっちはふつうの機械のようだ。ええと、ここがこういう形で、ここがこういう形でと。なるほど」

タヌキくんはコンピュータに化けてみました。初めはどこかしらまちがえて変な形になってしまいましたが、何回かやってみるうちに、すっかりそっくりに化けられるようになりました。

そして、もう一度青年の姿にもどると、もとのコンピュータを戸だなの中へかくし、自分がその場所でコンピュータに化けました。

社長さんたちがお昼から帰ってきました。

「ええと、君、給料計算用の表計算プログラムはどう呼び出すんだったかな」

「これは、ここを、こうして、こうするんです」

「おやおや、うまくいかないぞ」

「変ですねえ」

社長さんたちがキーボートを打つたび、タヌキくんはくすぐったくてたまりませんでしたが、どのようにすればいいのかわからないので、じっとがまんするしかありませんでした。でも、そのうち……。

「おい、ぜんぜんうまくいかないぞ。どうしたんだ」

「こういう時は、機械をたたくといいんですよ」バンバンバンバン「おかしいなあ、やっぱりだめか」

「どれどれ」バンバンバン、バンバンバンバン「何ともならないじゃないか、君」

今度はタヌキくんはたたかれました。それでもじっとがまんしました。

「もうこんなコンピュータはだめだ。事務に役立つと思ったが、これでは使いものにならん。さっそくコンピュータ会社に引き取ってもらおう。わが社は、コンピュータ抜きだ」

コンピュータヌキですって？　さてはばれちゃったのかな。タヌキくんは心配しました。

「わかりました」

社員たちは、コンピュータに化けたタヌキくんを、えっちらおっちらと運んで、トラックにのせました。このままではどこに連れてかれるかわからない、と思ったタヌキくんは、化けて

いるのをやめて、トラックからかけ下り、いちもくさんに森へと帰っていきました。走りながら、

「もうコンピュータに化けるのはこりごりだ。でも来年は、もっとすごいものに化けてやろう」

と考えるのでした。

金魚の指輪

「なによこんなもの、捨ててやるわ」

お姫様はお城の窓を開けると、指にはめていた指輪を抜き取り、ポーンとお城のまわりをめぐっているお堀に向かって投げました。お姫さまは金のドレスを着て、さらに大きな宝石のついたイヤリングやブレスレットでかざり立て、まるでシャンデリアのようなありさまでした。指輪をくれたのは、となりのとなりのそのまたとなりの国の王子でした。ですが、お姫様は、あのキザったらしい王子が大きらいだったのです。きらいな人からもらったものを、きちんととっておく理由なんか、どこにもありません。お姫様は指輪など、もう百も二百も持っていました。たった一人の娘なので、王様も王妃様も、それはそれはかわいがってお育てになり、小さいころから、ほしいと思ったもので手に入れられないものなどありませんでした。

さて、投げつけられた指輪はというと、すーっとほうぶつせんをえがいて、水の中へと落ちていきました。

指輪がポーンと投げられた時、その近くを、黒く太ったコイが泳いでいました。他のコイたちから「クロ」というあだなで呼ばれています。そのクロは、水面の方から、何か光るものが落ちてくるのを見つけました。

「あれはいったいなんだろう」

クロは、泳ぐ速さをちょうせつしながら、指輪を背中でうけとめました。クロはこれが指輪である、ということは見知っておりました。外国の王子様やお姫様が、恋人同士で送ったり送られたりするものであるらしい、と分かっていました。それで、自分もだれかにプレゼントしようかなと考えたのも、まったく自然なことでした。

さて、誰にプレゼントしましょうか。

そんなこと、あらためて考えなくたって、クロにはただ一匹しか思いつく相手はいません。若くてかわいらしい金魚のルリーです。ルリーはこのお堀のコイたちの人気の的でありました。どうして一匹だけ金魚がいたのか、わからないですって？　じつはこのルリーももともとはお姫さまのものだったのです。ですがお姫さまはすぐにあきてしまい、このお堀の中にポイッと投げすててしまったのでした。

クロはルリーをさがしにでかけました。するとその時、運よくも、むこうからルリーが泳いでくるではありませんか。

「やあ、ルリー。こんにちは」

「あら、クロさん。こんにちは」

「じつはね、あなたにプレゼントがあるんです。これなんですが」

「あら、指輪ですね。どうもありがとうございます」

「いえいえ、もともとわたしのものではないのですから、気にしないでください」

クロは気はずかしいのか、それだけ言うとツイツイッといなくなってしまいました。ルリーは困りました。指輪なんかもらったって、金魚なんですから、はめるところがありません。それに実をいうと、今日のルリーはうまくえさが見つからなくて、こんな指輪どころではなかったのです。

「ああ、おなかがすいちゃった。どうしよう」

ふと見ると、イトミミズがピョンピョンと飛びはねています。あ、よかった、と思うと、ルリーはイトミミズにかぶりつきました。


若者はこっそりとお堀につり糸を垂れていました。このお堀ではつりは禁止されていますので、つかまるとまずいことになります。

若者はむしゃくしゃしていました。好きな娘がいたのですが、若者がまずしいため、指輪一つ買ってあげられません。そんなこともあって、わざと禁止されているお堀で釣りをしているのでした。

糸がひきました。若者が注意深くだんだんと力をこめて引き上げました。

「おや、金魚の他に指輪までかかっている。すてられていたのだから安物だろうけど、これをあの人にプレゼントしてあげよう。金魚はかわいそうだから、にがしてあげた方がいいかな」

若者はそっとつりばりから金魚をはなすと、お堀にもどしてあげました。金魚はうれしそうにすいすいと泳いでいきました。

トラと坊さん

むかしむかしあるところに、小さな村がありました。これといって変わったところのない村でしたが、困ったことに、時々トラが出て、村人をおそうのでした。

その村には一つだけお寺があり、お堂の中ではたった一人のお坊さんが、いつもしずかにお経を読んでいました。

「お坊さま、たいへんです」

「おや、どうしました」

「また、トラにおそわれて、人が死にました」

「そうですか。それはいけない」

お坊さんはしばらく考えていましたが、

「これ以上村の人をころされるわけにはいきません。私がトラに会って、話をつけてきましょう」

「何をおっしゃいます。そんなことをしたら、あなたもころされてしまいます」

「私のことなら、心配ご無用。すでにこの体は、みほとけにささげているのですから」

お坊さんはそういうと、すずしい顔でお経のつづきを読むのでした。


次の日の朝早く、まだ村人たちがねむっているころ、お坊さんはたった一人で、トラが住むという山にのぼっていきました。修行できたえた足で、ズンズンズンズン山の奥の方へとはいっていきます。


トラがあらわれました。

「オイコラ、坊主、こんなところに何しにきた」

「わたしはあなたと話をしにきました」

「何の話だ」

「あなたが村の人たちをとって食うことについてです」

「腹が減ったのだからしかたがないだろ。おまえら人間だって、さまざまな動物を食って生きているではないか。牛やら、ブタやら、にわとりやら」

「それはそうかもしれません」

「ほらみろ、オレが人間を食うのも、オレの自由だ」

お坊さんは困ってしまいました。お坊さん自身は肉を食べませんが、村人たちが肉を食べているのも事実だからです。

「しかし私としては、ぜひともやめていただきたい」

「坊主なら、理屈でおれをいいまかしてみろ」

トラは笑いました。

「これは理屈ではありません。あなたには家族はありますか？」

「家族？　そんなものはない」

「もしあなたに家族がいるとして、あなたの子供が、ゆえなく殺されたり、食べられたりしたら、どう思いますか？」

「それは悲しいかもな」

「それと同じことです。村の人たちが殺されると、その家族も、私も、とても悲しい。だからやめて下さい」

「それはそうかもしれないが、オレも食べないとうえてしまう。どうしてくれるんだ」

「いい方法があります」

「いい方法？」

「私と一緒に、菜食主義者になるのです。つまり、肉を食べるのをやめて、米や麦を食べて暮らすのです。健康にもいいですよ」

「ほお、そんなものかな。じゃあ、しばらくそうしてみることにしよう」

それから何日もたちました。お坊さんが、いつまでたっても帰ってこないので、村の人の中で、力の強い者たちがおそるおそる山にのぼり、トラの穴をのぞいてみると、中ではお坊さんが倒れており、その肉が大きくえぐりとられていました。その横ではトラが、ワンワン泣いておりました。

「もうしわけない。もうしわけない。もうしわけない。もうしません。もうしません。もうしません。オレは、肉を食わないとやくそくしたのに、ついついお坊さまを食ってしまった。もうしわけない。もうしわけない。もうしわけない。もうしわけない……」

それからは、トラにおそわれた村人はいません。

パロディー

ハリー・ボッテーと張りぼての虎

春の陽射しの中で、殿様がのんびりと鼻毛を抜いていますと、そこへ家老が駆け込んできました。

「殿、一大事でござりますよ」

「どうした？　ぼた餅でも空から降ってきたか？」

「またおたわむれを。そんなことではございません。曲者が現れました」

「切り捨てておけ」

「切り捨てようとしたのですが、あちらこちらへひらひらと飛び回り、とうてい切り捨てることなぞできませんでした」

「忍びの者か？」

「かもしれませんな。しかも異様な風体で、金髪碧眼、かつ、背は高いが子供である様子。殿にお会いしたいと申しております」

「おもしろい。直々に検分いたそう。こちらへ連れて参れ」

「ははあ」

家老はマントを羽織った一人の少年を連れてきました。

「確かに異様じゃの」

殿様は少年の様子をしげしげと眺め回しました。「顔貌と服装からするに、南蛮夷狄《いてき》の類であろうな。ことばは分かるのか？　そち、名はなんと申す？」

「ぼくの名前はハリー・ボッテーだよ」

「針居か。どこから来た？」

「エゲレスから参りました」

「エゲレスか。それにしては流暢《りゅうちょう》に大和言葉を話すのう。何処で学んだ？」

「学んだのではございません。魔法使いなので、そのくらいのことは簡単に」

「何？　魔法使い？　南蛮には魔法使いが多くいると聞いてはいたが、本当にお目にかかれるとはな。しかも子供とは。ははは」

殿様は呵々《かか》大笑。「そちが魔法使いであるというなら、ほれ、この金屏風に描かれた虎を、捕まえてみよ、但し一休のやり方ではなくな。あれはいわば、互いに立証責任を押しつけあっている裁きのようなもの、反則じゃ。

では、捕まえてみよ、さあ、さあ」

殿様はニヤニヤしながらハリーを見つめています。

「かしこまりました」

ハリーが金屛風の中の虎に向き合うと、どうでしょう、絵の中の虎がむくむくと、まるでビニールの浮輪のように膨らみ始めました。どのくらい時間が経ったでしょうか、ポイッと虎が屛風から出てきました。ハリーはその虎をやすやすと持ち上げました。

「いかがです？」

「その虎は生きてないな」殿様はおそるおそる、ハリーの持っている虎に触った。「やっぱり。ただの張りぼてではないか。生きている虎を出してみよ」

「生きている虎を出したなら、ひょっとすると殿に襲いかかるかもしれず、危険極まりないことです。それに殿は、『生きている虎』とはおっしゃいませんでした」

「そうか、一本取られたわい。ところでハリーとやら」

「なんでしょうか」

「そなたが妖術使いであることは分かった。その妖術、城内の家来たちにも教えてはくれぬか？」

「それはできません」

魔法を使うことだけでも実は『未成年魔法使いの制限事項令』に違反しているので、後でみなさんの記憶を消さなくてはならないのです、という言葉を、ハリーは飲み込みました。

「なにゆえじゃ、ハリー。きちんと説明してみよ」

「それは、それはですね。われらの魔法は、いわば西洋哲学、形而上学、思想の上に咲いた花なのでございます。つまりキリスト教文明であり、その前のユダヤ文明、古代ギリシァ文明、オリエント文明が滔々《とうとう》と流れこんだ上に開花しているのでございます。したがって、歴史の全く違う東洋の国では、表に出ている魔法のみ学んでも、いわばこの張りぼての虎のようなもの。移植はできても、根づかない根なし草。その後の発展は望めないものなのでございます」

「ハリーとやら、うまいことを言ったな。だがわれわれ大和民族は、中国文明であろうが、インド文明であろうが、換骨奪胎して自らのうちに取り込む名人なのじゃ。だから詰まらぬ屁理屈を言っていないで、その幻魔術を伝授せよ」

「わ、ダメ、ダメダメ」

その時、ハリーの姿は消えていました。

殿様は目を覚ましました。隣には家老が眠っています。殿は家老を起こしました。

「おい、今ここに、金髪碧眼でマントを羽織った少年がいたよな。どこへ行った？」

「拙者は存じません。殿は夢でもご覧になったのでは？」

「夢か？　いや、そんなことはないはずだが……」

実は怒りっぽいミッフィー

わたしの名前はナインチェ。オランダで一九五五年に生まれたの。うさぎだけど、洋服も着るし、犬も飼うのよ。

でも今日はちょっと腹に据えかねてるの。

私は英語圏では、ミッフィーと呼ばれているの。悪い名前ではないと思ったわ。ふかふかふわふわして、綿毛か何かの意味かと思っていたの。

でも、辞書を引いてびっくりした。「怒りっぽい」と書いてあったから。

わたしのどこが怒りっぽいって言うのかしら。英語圏の人たちは、こんなにかわいい私をつかまえて「怒りっぽい」って呼んでいたなんて、バカみたい。それとも学がないから、自分の国の言葉も知らないのかしらね。日本で訳された「うさこちゃん」の方がまだましよ。

英単語のミッフィーにはもう一つ意味があるの。「繁殖しにくい」ですって。失礼だわ。うさぎは繁殖するのが仕事なのに。フィボナッチ数列だって、うさぎの繁殖力にヒントを得て発見されたって言われてるのに。

だからなのね。私がいつまでも結婚できないで、両親と一緒に暮らしているのは。

私ももう還暦を過ぎたのよ。いい加減こんな暮らしから抜け出したいわ。ペットの犬だって、次々死んでしまって、もう七代目よ。

ミッフィーっていう名前がいけないのよ。今度私と会ったら、ミッフィーって呼ばないで、ナインチェと呼んでちょうだい。

誰いまミッフィーおばあちゃんって呼んだのは。今度言ったら長い耳でひっぱたくわよ。

まんじゅうホラー

「ヒロシ！　ヒロシ！」

「なんだい、スーザン」

「今日も暑くて寝苦しいわね、そうでしょ？　ヒロシ」

「そうだね」

「まるでトーキョーの夜みたい」

「おいおい、寝苦しい形容詞にボクの生まれたトーキョーを使うのはやめてくれないか。トーキョーでの一週間がよっぽど寝苦しかったのかい？」

「ふふふ、ジョークよ、ジョーク。ヒロシったらトーキョーのことを言うとムキになるんだから。あのファー・イースト（極東）のイースト・キャピタル（東の京）」

「イースト・キャピタルって言うな」

「ジャパンじゃ寝苦しい夜には、怖い話をして涼むんでしょう。ヒロシも何か、ジャパニーズ・ホラーを聞かせてよ。コージ・スズキの『リング』みたいな」

「そうだな。ちょっと待ってくれ。じゃあ飛びきりのジャパニーズ・ホラーを語ってあげよう。覚悟はいいかい、スーザン」

「あ、待って。ベッドに入ってから聞きたいの。あなたもちゃんと入って。怖かったら抱きつけるように」

「分かったよ。明かりはどうする？」

「そうね、スタンドだけ」

「オーケー。じゃあ始めようか」

「タイトルは？」

「タイトルはね、『まんじゅうこわい』」

「マンジュウってなに？」

「一種の日本のお菓子だよ。内側には豆でできた餡《あん》が入っていて、外側は、小麦粉とか米で作ったパンのようなものでくるんであるんだ」

「そう言えばフランス人の友達がよく言ってたわ。ジュ・マンジュ・マンジュって。あれはマンジュウを食べるという意味なのね」

「ひどいだじゃれだな」

「じゃあ話を始めてちょうだい」

「男たちが集まって、自分は何が怖いか、次々と告白するんだ。『おい八つぁん、お前は何が怖い？』」

「ヒロシ、『八つぁん』って何？」

「人の名前だよ。ハチさん」

「シブヤにいた犬みたい」

「それはハチ公だ。じゃあ訳してエイトマンでいいや」

「エイトマン、強そうね。少年もののヒーローみたい」

「『エイトマン、貴方が恐れるものは何ですか』『私が恐れるものは、地震です』」

「ジャパンは地震が多いからね」

「カリフォルニアだって多いじゃないか」

「クェーカー教徒もいるし。大停電になっても、クェーカーが振動して発電してくれるわ」

「続けるぞ。『そういう熊さんは、何が恐ろしいんですか？』」

「ヒロシ、それは子供のおとぎ話なの？　熊がしゃべるなんて」

「これも人の名前だ、ミスター・ベアだ」

「やっぱり弱気なの？」（英語ではベア（熊）は弱気、ブル（牛）は強気とされる）

「日本語にはそういう意味はないよ。『オー、ミスター・ベア、何を恐れていますか？』『私が恐ろしいのは、火事です』」

「イヨ！　ファイアとファイトはエドのフラワー」

「そういう詰まらないことわざは覚えてるんだな」

「Fで頭韻を踏んでいるから覚えやすいのよ」

「それは誤解だぞ。日本語では火事と喧嘩はKで始まる。『じゃあ、そっちの源さんは？』『あっしが怖いのは、女房だ』」

「ニョーボー？」

「ワイフだよ、ワイフ」

「ははん、ジャパニーズはワイフが怖いのね」

「人による」

「ヒロシもあたしが怖い？」

「怖いとも。特にこの辺が」

「話を続けなさい、ヒロシ、さもないと怖い目に遭うわよ」

「『鉄ちゃんは、何が怖い？』『あっしは蛇が怖いネ。ニョロニョロして毒も持ってるし』『山さんは？』『おいらは借金かな。油断するとすぐにふくれあがる』『勝さんは？』『そうだねえ、おいらが怖いのはまんじゅうだね』『何言ってやがる、まんじゅうが怖いわけねえじゃねえか』『いや、本当に怖いんだよ』みんなはその晩、勝の野郎をからかってやろうと思って、まんじゅうを大量に買ってきて、一人暮らしの勝さんが眠る枕元にそっと置いておいた」

「まあひどい。それで勝さんはどうなったの？」

「勝さんが目をさますと、枕元にまんじゅうが山のように置いてある。実は勝さんはまんじゅうが大好物だったのさ。それでまんじゅうをパクパク食べる食べる。

そのうちに勝さんが苦しみ出した」

「誰かが毒を入れたのね。和歌山のカレー・ケース（事件）のように」

「いや、そうじゃない。あんまり一度にたくさん食べたんで、のどが詰まったのさ。で、息ができずに苦しみ抜いたあげく、勝さんは死んじまった」

「おそろしい」

「反省した仲間たちが勝さんの葬式を出して、一週間くらい経った日のこと。一人暮らしのエイトマンこと八つぁんの姿が見えないのを心配した熊さんが長屋に行ってみると、八つぁんは口の中にまんじゅうを押し込まれて死んでいた」

「マア」

「怖がったのは熊さんの方さ。こりゃ勝さんの幽霊がやったに違いないと思って、その晩はなかなか眠れなかった。すると枕元に、ぼうっと誰かが立っている。よく見ると、勝さんが青白い顔をして、まんじゅうを持って立っている」

「キャー」

「『こないだは、よくもまんじゅうを食わせてくれたな』

『何いってやがる、勝、お前が勝手に食ったんじゃねえか』

『おいらはまんじゅう食うのを自粛してたんだ。それをお前らが余計なことをするから、お前らのせいだ』

勝さんの幽霊はそう言うと、熊さんの口の中にぎゅうぎゅうとまんじゅうを押し込み始めた。で、結局熊さんも死んじまった。

でもって、その時いた連中は全員次々に、勝さんの幽霊にまんじゅうを口に押し込まれて死んじまったのさ。ああ、おそろしい、『まんじゅうこわい』。おしまい」

「ヒロシ、この話、あなたのオリジナルなの？」

「落語にあるのをちょっとアレンジしたのさ。どうして？」

「シナリオをハリウッドに売り込もうと思ったのよ」

「むちゃ言うなよ」

「タイトルは『マンジュウ・ホラー』ね。こんなコピーはどう？『夜中にあなたをそっと見つめている、まっ白いマンジュウ。欲望と恐怖のスペクタクル。そして人類とマンジュウの最終戦争が始まる』」

「僕の作った話からだいぶ逸れてないか？」

「いいのよ、万に十だけ合ってれば」

「千に三つよりひどいじゃないか」

瓶詰極楽

夢野久作氏に捧ぐ………

……………ブウウ――――――――ンンン――――――――――ンンンン………

私がウスウスと眼を覚ました時、こうした蜜蜂の唸《うな》るような音は、まだ、その弾力的な余韻を、私の耳の穴の中にハッキリと引き残していた。

それをジッと聞いているうちに、今は真夜中だな、と直覚した。どこかでボンボン時計が鳴っているんだなと思い、又もウトウトしているうちに、その余韻も消え、そこいら中がまたひっそりと静まり返ってしまった。目を開くと、私は青黒いコンクリートの壁で囲まれた二間四方ばかりの部屋の床に、大の字になって寝ていた。天井からは裸電球が一つぶら下がっているばかりである。

ハテここはどこだろう？　狭い部屋に閉じ込められている。金属の扉には、当然のように鍵がかかっていて、押せども開かない。叩いてみたが、けたたましい音がむなしく響くばかりである。

今いるこの場所はおろか、自分の名前さえ思い出せなかった。着せられている粗末な着物にも、周囲にも、手掛かりになるようなものは何もなかった。

その時である。コンクリートの壁の向こう側から、若い女の声が聞こえてきた。

「お兄さま、お兄さま、あたしです。そこにいらっしゃるのでしょう。お兄さま。お兄さまの声を聞かせてください」

この声にも聞き覚えはなかった。


そのうちに私は眠りに落ち、また眼を覚ました時には朝になっていた。

鍵を廻す金属音がした。扉が開き、禿頭に眼鏡の男が入ってきた。

「どうかね、何か思い出したかね？」

私はかぶりをふった。

「そうか、まあ、いずれ思い出すだろう。私はこういうものだ」

男の出した名刺には、九州帝国大学医学部精神病科教授　正木敬之《けいし》と書かれていた。

「精神病科教授…ここは精神病院で、私は気違いということですか？」

「まあそう早まることはない。なに君はショックでちょっと記憶を失っているようだから、私のところで収容して診断をしているということさ」

「何があったんですか」

「君はこれに見憶えはないかね」

正木教授が私の前に差し出したのは麦酒瓶《ビールびん》であった。それも、長い間漂流でもしていたのか、随分と汚れている。

「さあ」

「そうか。まあいい。君らは子供の頃に乗っている船が転覆してね、無人島に流れついたんだ。長い間その島で君らは暮らしていた。幸いなことに、麦酒瓶が何本かあり、筆記用具もあったので、瓶に助けを求める手紙を書いて海に流した。それが首尾よく福岡に流れ着き、君らは救出されたというわけだ」

「君らと言いましたが、私は一人ではなかったのですね」

「そうだ。君と、妹の二人だ」

「妹」

「そうだ。しかし君らは、近親相姦という罪を犯していてね、せっかく救助船が着たというのに、フカがうようよいる海に飛び込んでしまった。それを助け出すのにまた苦労したのだが、意識が戻ったら、君は記憶喪失になっておったと、そういうことだ」

その時、開け放した扉から、若い女、いや、美しく成長した私の妹のアヤコが入ってきた。

「お兄さま」

「アヤコ」

「思い出したかね、市川太郎君」

正木教授は、私たちの方からふと眼をそらした。

「これで一件落着と言いたいところだが、私たちの国では近親相姦は犯罪でね。君らには罪を償ってもらわなくてはならんのだ」

「どんな罰なのですか？」

「遠島だよ、俗に言う島流しだ。君らの場合には、おそらく君らが育った無人島に流されることになるだろう。せっかく助けたのに、また熱帯の無人島に逆戻りというわけだ。これが本当の堂々廻り、堂廻目眩《どうめぐりめくらみ》ということかもしれないね」

ああ私はこれから、罪を償うために、無人島でアヤコと二人きりで暮らすのだ。今ありありと眼に浮かぶ、太陽と果実ときらびやかな鳥や虫たち。もし私たちが、罪の意識を完全にぬぐい去ることができるなら、瓶詰の極楽となるのだが。

犬連れてどこ行くの？

い　犬連れてどこ行くの？
ろ　ロシアでも行くの
は　浜松行くの？
に　日光を見て結構と言うの？
ほ　北海道行くの？
へ　変なとこ行くの？
と　とんでもないとこ行くの？
ち　地理上の発見でもするの？
り　陸地を探しに行くの？　あ、ここも陸地か
ぬ　濡《ぬ》れても行くの？　雨が降っても行くの？
を　をんなが止めても行くの？
わ　わけわかんない

パロディー／犬連れてどこ行くの？

か　肩肘張って
よ　よしなさいよ
た　タンザニア行くの？
れ　礼文《れぶん》島行くの？
そ　ソマリア行くの？　ソマリランド行くの？
つ　つまらないとこ行くの？
ね　根津行くの？
な　ナポリを見てから死ぬの？
ら　ラーメン食べに行くの？
む　昔に行くの？
う　うさぎ狩りに行くの？
ゐ　ゐの中の蛙にならないために行くの？
の　能登行くの？
お　大阪に行くの？
く　靴は靴ずれ　床は床ずれ
や　山形に行くの？
ま　松江に行くの？

け　怪我しないでね
ふ　不幸にならないで
こ　こっち向いて
ゑ　ヱヴァに乗りに行くの？
て　天気が良いといいね
あ　頭隠して尻隠さず行くの？
さ　西郷さんを気取ってるの？
き　君は行くのか　そんなにしてまで
ゆ　雪が降っても行くの？
め　目黒に行くの？　目白に行くの？
み　見つからないように行くの？
し　死なないでね
え　えっさかほいさ
ひ　日帰り？　一泊？　肥後どこさ
も　戻ってくるの？
せ　世界一周するの？
す　スマトラ島に行くの？

ん　ンジャメナ行くの？

京　京都に行くのか普通だな

激怒する世界

激怒する者と言えばメロスが有名だが、怒ったのはメロスばかりではない。紫式部は清少納言のさかしらなふるまいに激怒し、光秀は信長の暴虐に激怒した。してみると、激怒が歴史をつくると言っても過言ではあるまい。

人魚姫は激怒した。もし王子の心を捉えられなければ、死ななくてはならなかったからである。何たる非道な契約だろうと思った。ブラック企業でももう少しましな契約書を交わすだろう。

白雪姫は激怒した。毒入りリンゴを食べさせられたからである。

シンデレラは激怒した。姉二人と比べてあまりにひどい待遇だったからである。

アリスは激怒した。時計を持った奇妙な兎を追っていったら、穴に落ちてしまったからである。

ヨーゼフ・Kは激怒した。何も悪いことをした覚えがないのに、ある朝、逮捕されてしまったからである。

赤頭巾は激怒した。おばあさんへのお見舞いにむりやり行かされたからである。

桃太郎は鬼の所業に激怒した。「鬼を退治してきます」「桃太郎や、お前が鬼を退治できるわけがない。退治どころか、対峙することさえムリだ」「何を言っているんですかおじいさん。つまらないダジャレで私をバカにするのですか」「そういうことではない。おまえがかわいいからだ。鬼と闘って怪我でもしたらどうする。うちは健康保険に入っていないんだぞ」「なぜ入っていないんですか」「収入が低いからだ」「もっと働けくそじじい」「なにを、それが親に対する態度か」「お前なんぞ、親とも思っていない。オレはどうせ拾い子だ」「そんなこと言うな。わしとばあさんは、ずっとお前のことをいつくしんできたのに」。おばあさんは隣で泣いているばかり。「泣いてないで、何か食べ物を作ってくれよ」「いやだよあたしは。お前がそんな危ないことをするのは」「うるせえ。早く作れ、ばばあ」「何もないよ。もう米もないし」「じゃあ麦は？」「ないよ」「稗《ひえ》は？」「ないよ」「粟《あわ》は？」「ないよ」「じゃあ何ならあるんだよ」「きびならある」「いいよ、きびで。早くふかして団子にでもしてくれ」

浦島は激怒した。子供たちが亀をいじめている。棒でさんざん殴っている。「お前ら、亀をいじめるのはやめろ」「うるさい、あっちへ行け」「何だと、オレを誰だと思っているんだ」「浦島の長男だろ、いい年をしてブラブラしている」「そうだ、俺が浦島だ。分かっていてもやめないか」「金をくれたらやめてやる。金はあるんだろ」「ないことはない」「金をくれたらやめてやるよ、浦島の若旦那」「ふざけるな」浦島は子供に殴りかかった。「お前らのようなクズには体で覚えさせてやる」。子供たちは逃げていった。

カニの子供たちは激怒した。猿が硬い柿をぶつけたために、親ガニが死んでしまったのである。「絶対許せない、親のかたき」「どうすれば猿を確実に殺せるか、考えよう」「蜂に刺させる」「牛の糞ですべらせて、頭を打たせる」「焼けた栗に襲わせる」「上から臼が落ちてくる」「そんなことより、銃の方が確実じゃないか？」「アメリカのように手軽には銃を買えないはずだ。おそらく許可がいるだろう。カニでも銃を買えるだろうか」

桃太郎が激怒しながら鬼ヶ島へ向けて歩いていると、犬がやってきた。「桃太郎さん、お腰につけたきび団子、ひとつ私にください」「ああ、いいとも。これから鬼退治に行くから、ついてきてくれるならやろう」「え？　そんな危険なことをするのですか？」「ああ」「私には無理です。きび団子はいりません。命には代えられませんから」「このいくじなしめ」桃太郎の怒りの炎に、さらに油が注がれた。

浦島は助けた亀に連れられて竜宮城へ来ていた。乙姫にかしずかれ、魚たちの踊りを見ているのは楽しかったが、いつまでもずるずると滞在しているわけにもいかなかった。「もう私は帰る」「浦島さま、帰らないでください」「いやいや、両親も心配しているし」「どうしても帰るというのですか？」「ああ、どうしても帰る」「それではこのお土産をお持ち下さい」「何ですか？」「玉手箱です。でも決して開けてはなりません？」「え？　お土産なのに？　開けてはいけないってどういうこと？　意味ないじゃん」浦島は激怒した。激怒したが、その時にはもう亀に乗せられ、乙姫たちに見送られていた。

カニの子供たちは、銃の所持がかなわなかったので、蜂やら糞やら栗やら棒やら臼やらを味方に引き込み、猿の家に向かった。計画した通り、猿を殺すことには成功したが、蜂やら糞やら栗やら棒やら臼やらが、復讐の手伝いに報酬を要求したことに激怒していた。

赤頭巾がおばあさんの家に着いてみると、おばあさんの代わりに狼が、厚かましくもおばあさんの服を着てベッドに寝そべっていた。「おばあさんの目はなぜそんなに大きいの？」「それはお前をよく見るためさ」おばあさんの声とは似ても似つかぬダミ声である。「おばあさんの声はどうしてそんなにダミ声なの？」「それは病気でのどをやられてしまっているからさ」「だいたい、何で一人称が『お前』なの？　いつも名前で呼んでくれたじゃない？」「そうだったかしら」「そうよ。名前で呼んで」「赤頭巾や」「赤頭巾はあだ名よ。あなたは孫の名前を呼べないの？」赤頭巾は隠し持っていた銃で、狼の頭を撃ち抜いた。森を行く時はいつも、銃を持っていく習慣だった。カニの家とは違って赤頭巾の家では、父親が銃の保持を許可されていたのだ。赤頭巾はさらに、包丁で慎重に狼の腹を裂いた。もし狼がおばあさんを丸呑みしているのなら、すぐに腹を裂けばおばあさんを助けられるかもしれないからだ。

桃太郎は海岸にやってきた。ここから船で鬼ヶ島に渡るつもりなのである。犬も、猿も、雉も、ついては来なかった。仕方なく桃太郎は、激怒しながらきび団子を自棄食《やけ》いしていた。

そこへ亀に乗った浦島が、沖の方からやってきた。桃太郎は声をかけた。「あの、こんにちは」「こんにちは」「私は今から、鬼ヶ島へ鬼退治に行くのですが、一緒に行ってくれませんか？」「いやいや、私は今から家に帰るところですから」「きび団子をあげますよ？」「満腹です。さんざん海の幸を楽しんできたところなので。それじゃあ失礼します」浦島は行ってしまった。桃太郎は続いて、亀に声をかけた。「ところで亀さん、お願いがあるのですが」「何ですか」「私を鬼ヶ島まで乗せていってくれませんか？」「いやいや、ムリムリ。今人を運んで来て疲れているし。さようなら」。どいつもこいつも、俺の鬼退治に協力してくれないと、桃太郎は激怒しながら、浜辺をさまよった。すると、一艘の木の小舟が見つかった。しかたがない、これで漕《こ》いでいこう。桃太郎は小舟に乗り込み、櫂《かい》を漕ぎはじめた。

桃太郎と別れた浦島は、自宅に帰ろうとしたが、どうしても見つからない。家のあった場所はさら地になっていた。人に聞くと、浦島という家はあったが、とうの昔に取り壊されたという。どういうことだ、タイムトラベルか？　激怒した浦島は、腹立ち紛れに、絶対開けるなと言われていた玉手箱を開けた。中から煙がもうもうと立ち上った。気がつくと浦島は、自分が老人になっていることに気がついた。「なんて日だ」浦島は激怒しながら独り言を言った。

白雪姫は激怒した。周りにいたのが頼りにならない小人ばかりだったからである。シンデレラは激怒した。首尾よく王子に近づき、ガラスの靴を置いていったものの、靴の大きさからするとごく一般的で、王子が探し当ててくれると思えなかったからである。アリスは激怒した。たいへんな冒険旅行と思ったのが、実はただの夢だったからである。ヨーゼフ・Kは激怒した。変な裁判にえんえんと振り回されたばかりでなく、ある晩、理不尽にも男二人に両脇を抱えられて連れ出され、心臓を刃物でえぐられたからである。「犬のようだ」とKはつぶやいた。「いや、犬にだってもう少し自由はあるかもしれない。死出の旅の強要を拒否する程度の自由は………」そう思っているうちに、意識は遠のいていった。

桃太郎がさんざん苦労して鬼ヶ島にたどりついたときには、疲れ果て、日もとっぷりと暮れていた。上陸してみると、そこには門があり、背丈は桃太郎の倍ほどもある赤鬼が門番をしていた。「やや、お前は桃太郎だな」「なぜ私のことを知っている？」「それはな、この門がお前だけのための門だからだ」「どこかで聞いたような台詞だが」「ともかく、お前に鬼退治など無理だ。この先の門には、俺よりずっと強い鬼が控えている」「下っ端のお前では話にならない。ともかく通せ」「せっかく理性的に話してやっているのに、分からん奴だな」鬼は激怒した。「それならこうだ」鬼は桃太郎に殴りかかった。頭を殴られ、胸を殴られ、背中を殴られた。桃太郎の意識は遠のいていった。

浦島は老人になったのち、鶴に変身して飛んでいった。大空を気持ちよく飛んだのだが、下りた地表で油断をして、罠にかかってしまった。細い脚に激痛が走る。浦島は激怒した。激痛に耐えながら激怒した。誰か助けてくれないか。するとちょうど若者が通りかかった。若者は、鶴が罠にかかって鳴いているのを見ると、同情した。「かわいそうに。この罠を外してやろう」。若者は渾身の力を込めて、鶴の脚を罠から外した。浦島は、今度は私が恩返しをする番だ、と考えた。上空に昇ると、若者の帰っていく家を確かめた。若い娘の姿に変身し、若者の家の木戸を叩いた。「こんばんは。泊めてくださいな」「はーい」出てきたのは若者の妻らしき女性だった。「どなたですか?」「あの、旦那さんに助けていただいたものです。お礼にと思って参りました」。妻は引っ込んでいったが、奥から大声が聞こえた。「あんた、また女に手を出したのね」「オレは知らねえよ」「娘さんがお礼にとか言って来てるわよ」「知らないってば」「この浮気者!」奥さんが激怒して若者を殴る音が聞こえた。浦島も激怒していた。自分の話がこんな結末を迎えるなんて。

あとがき

約一年前に出版した『あの頃、バブル』は学生・院生時代に書いた作品を集めたものだが、本書には古い作品に加えて神戸大学に就職して以降に書いた作品も含まれている。数が多いので全部の作品にはコメントしないが、いくつかについて思い出を述べておこう。

「風嫌い」は大阪シナリオ学校主催の第四回ショートショートコンテストで佳作に選ばれ、わずかながら賞金もいただいた。本来なら「ショートショート」のところにまとめるべき短いものだが、私の作品の中では最も高く評価されたものなので、本書全体の表題にして冒頭に置いた。最初の一文は宮澤賢治の「オッペルと象」を意識している。

「退屈な王子」「一本のロープ」はそれぞれ、第二回、第三回のパスカル短篇文学新人賞に応募したもので、前者は一次予選通過にとどまったが、後者は最終候補まで残り、いよいよメジャーデビューかと期待したが、そうはならなかった。そしてこの新人賞も三回だけで終了してしまい、夢は断たれた。

「分離脳学部にて」は神戸大学に就職してから書いたものである。ＪＲ六甲道駅から職場に向かうバスに乗ると、途中に「神大文理農学部前」というバス停がある。文学部、理学部、農学部への最寄りだが、ある時ぼんやりしていて「分離脳」と聞き間違え、「分離脳って何だ」という妄想が頭に広がった。それを形にしたのがこの作品だが、まあ随分と恐ろしいものになってしまった。「倫理委員会にて」も就職後のものだが、もちろん大学の会議はみなまじめなものです（笑）。

「ファルス」は駒場在籍時に書いた、本書の中ではおそらく最も古い作である。当時から映画評論家として著名で、後に総長にまで上り詰めるH教授をキャンパスで見かけたことに興奮し、偉い教授を小説の中でぐちゃぐちゃにしたら面白いだろうと構想した。もちろん当時は、自分自身が大学教授と呼ばれる立場になるとは想定していなかった。

「引きこもりの恋」は、割とよくある叙述トリックを自分でも試してみようと思って書いた作品。タイトルは乱歩の「人でなしの恋」を踏まえている。

「兇の風景」はもっと長い作品にするつもりだったが、なかなかいいアイディアが浮かばず、三本だけの短い連作短篇になった。ちなみに「大兇のクジ一枚」というタイトルは、都筑道夫「大凶のくじ六枚」（『悪夢図鑑』所収）へのオマージュのつもりでいる。

ショートショートは短篇の中でも特に短いものをまとめて収めた。「猫の会議」は一九九二年、「アミイクラブ」という猫好きのための雑誌のコンテストに応募し、創作部門の次点となった。実は猫は登場していないのであるが。

童話は、コンテストやコンクールのために随分とたくさん書いたが、大人の鑑賞に耐える(?)ものは少なく、厳選して四本だけ載せることとした。「コンピュータタヌキ」は「タヌキ童話」を募集するコンテストに応募したもので、入選して単行本化もされた。

パロディは書いていて一番楽しい。「瓶詰極楽」は夢野久作の代表作「ドグラ・マグラ」「瓶詰地獄」を踏まえたもので、この二作品を読んでいないと意味不明かもしれない。「まんじゅうホラー」はまったく忘れていて、いつどんなきっかけで書いたのかも覚えていないが、自分で読んで大笑いしてしまった。「激怒する世界」は最近書いた、最も新しい作品である。「走れメロス」に始まり、日本の昔話やらアリスやらカフカ「掟の門前」やらを詰め込んだ。だがこの三十年で、小説の腕が上達したとは残念ながら言えないようだ。

パロディというと何か価値の低い物と思う人もいるのかもしれないが、私はパロディや風刺は、表現の自由、それも政治的な表現の自由の核心をなすものだと考えている。政治家や宗教指導者に対して批判する自由のない国家や社会は、ロクなものではないと言い切れる。中国でもロシアでも北朝鮮でもイランでも、どこでも好きな国を思い浮かべてもらえばいい。私には特段の政治信条はないが、このことだけは決して譲るつもりはない。近年では私企業が知的財産権を振り回して表現の自由を掘り崩すことも目につきだした(詳しくはケンブリュー・マクロード『表現の自由vs知的財産権』青土社、を参照)。

私が二十余年前に就職した学科は、神戸大学発達科学部人間表現学科という名称だった。私は表現者のつもりでいたから、表現と名のつく学科に就職できたことは素直にうれしかった。その後、「部局化」で教員の所属学部から大学院に変わり、それは特に構わないのだが、文科省が推し進める「グローバル化」なる愚策への対応の中で、竟《つい》に発達科学部は統合で「国際人間科学部」に改編され、表現の名も学科名から消えて「発達コミュニティ学科」の一部にされてしまった。極めて無念である。その中で、心の中だけでも、「表現」の炎を消すまいと念じている。

著者　識

〈著者紹介〉

田畑暁生（たばた　あけお）

1965年生まれ。東京大学経済学部卒業。
同大学院社会学研究科博士課程単位取得退学。
現在、神戸大学人間発達環境学研究科教授。
専攻は社会情報学。
著書に『映像と社会』
『情報社会論の展開』（いずれも北樹出版）
『あの頃、バブル』（鳥影社）など。

風嫌い

定価（本体1400円+税）

乱丁・落丁はお取り替えします。

2019年 4月19日初版第1刷印刷
2019年 4月25日初版第1刷発行
著　者　田畑暁生
発行者　百瀬精一
発行所　鳥影社 (www.choeisha.com)
〒160-0023 東京都新宿区西新宿3-5-12トーカン新宿7F
電話 03-5948-6470, FAX 03-5948-6471
〒392-0012 長野県諏訪市四賀229-1(本社・編集室)
電話 0266-53-2903, FAX 0266-58-6771
印刷・製本　モリモト印刷

ISBN978-4-86265-734-3　C0093